吸游记

羽南音　王诺诺·著

科幻立方
文库本

天津出版传媒集团
百花文艺出版社

图书在版编目（CIP）数据

吸游记 / 羽南音，王诺诺著. -- 天津：百花文艺
出版社，2024. 12. -- ISBN 978-7-5306-9057-4

Ⅰ. I247.5

中国国家版本馆 CIP 数据核字第 2025DR5692 号

吸游记

XIYOUJI

羽南音　王诺诺　著

出 版 人：薛印胜

丛书策划：成　全　　**责任编辑：**成　全

装帧设计：丁莘苡　　**营销专员：**王　琪

出版发行：百花文艺出版社

地址：天津市和平区西康路 35 号　**邮编：**300051

电话传真：+86-22-23332651（发行部）

　　　　　+86-22-23332656（总编室）

　　　　　+86-22-23332478（邮购部）

网址：http://www.baihuawenyi.com

印刷：天津鸿景印刷有限公司

开本：710 毫米×1000 毫米　1/32

字数：68 千字

印张：7.375

版次：2024 年 12 月第 1 版

印次：2024 年 12 月第 1 次印刷

定价：32.00元

如有印装质量问题，请与天津鸿景印刷有限公司联系调换

地址：天津市宝坻区马家店工业园区金广路

电话：(022)29644216

邮编：301800

作者简介

羽南音

　　科幻作家、编剧、译者。先后发表小说、翻译作品几十万字。目前已出版个人科幻小说集《双生》《龙骨星船》《不眠之夜》，翻译作品集《思维的形状》。

王诺诺

　　新锐科幻作家。代表作有《故乡明》《地球无应答》《风雪夜归人》等。

　　羽南音和王诺诺合著作品《画壁》发表于《科幻立方》2021 年第 5 期，获第二十届百花文学奖·科幻文学奖。

目录

水潮区

01

醒来的咕唧

你有没有注意过家里的储藏室？

它堆积旧物、灰尘和回忆，你的妈妈或许从不允许你靠近它，但没有关系，每一个储藏室都有自己的秘密，会一直静静等待能够揭开秘密的那个人。

我们要说的故事，发生在一座庞大储藏室里一个最不引人注意的角落，一台小小的扫地机器人在此地苏醒了。机器人的苏醒和人类的苏醒并不一样，不是睁开眼或伸个懒腰，而是从一股电流开始。

电源开启，操作盘上的指示灯从灰暗转为明亮，激活一个个功能模块，蓝色的光代表运转正常，它等待着主人下达命令。

可是半天时间过去，待机的扫地机器人没有听到清扫或者除尘的命令传来，甚至四周没有一个人类靠近它。

这很不正常。扫地机器人想。

它算是一个勤劳的机器人，渴望工作，渴望真空泵在体内发出规律鸣响，也思念底盘上的刷毛与地面拖拽摩擦时产生的微弱静电。

它隐约记得自己的名字叫"咕唧"。名字是机器人最不该忘记的，有了名字，主人才能定向呼唤，主人的声纹对上了系统的密码锁，对它来说，命令才能进入有效的线程。启动工作流程的那一刻是最合规、最快乐的。

可是,久久等不到启动指令,咕唧只能擅自睁开"眼睛"。

带有视觉功能的传感器,闪烁着微弱的蓝光,咕唧用它初步扫描自检后,发现自己的外表有些破旧,钛合金的外壳上"长"着不少划痕,万幸的是,核心功能是完好的。

它的四周是高高的货架,堆满了各种旧物件,有生锈的自行车、破碎的玩具,还有一些古老的电子设备。四周静静的,一条条窄窄的通道仿佛没有尽头,幽暗的深处通向更多的货架。

咕唧觉得这个地方很陌生,它不知道自己为何会在这里,更不知道自己已经在此待机了多久。

奇怪,这些记忆在芯片里本该有所储存的。

"我在哪里?这是哪里……"咕唧自言自语,声音微弱,带着些许金属质感和断断续续的延迟。它努力回想自己之前的经历，却什么也想不起来。所有的记忆仿佛都被一层厚厚的奶白色雾气笼罩着，模糊不清。

咕唧试着移动，但由于长时间没有活动，关节似乎有些生锈了，它费了好大的劲儿才解锁了那几个万向轮，完成挪移。尽管不那么丝滑，但总比在原地什么都不做要强得多。它摇了摇头，小刷子和吸尘器开始运作，轻轻扫过地面上的灰尘，发出柔和的嗡嗡声。

这个仓库可太脏了！太有必要从上到下、从头到尾来一次大扫除了！咕唧心里想着。

不知道擅自行动是否是被允许的，咕唧决定先四处看看，或许能找到一些线索，弄明白自己为什么会在这里。

就在咕唧感到些许失望的时候，它看到一个发光的屏幕藏在角落里。它好奇地走过去，发现那是一台电脑，屏幕上发出温暖的白光。咕唧伸手——我们姑且把它的一双吸尘头称之为"手"——触摸屏幕，一道柔和的声音从屏幕里传来。

"你好，咕唧。"智能电脑说道，"我是智智，仓库的管理系统，也是整个未名城权限最高的控制中枢。"

咕唧被突然响起的人声惊了一下，那是一个中年女性的声音，温和，平静，发音频率十分稳定。但咕唧很快就意识到声音的源头并非人类，而是和它一样，都是人工智能的合成音，于是它问道："智智，你能调出我的入库资料吗？你知道我为什么会在这里吗？"

经过些许时间的检索后，智智说："抱歉，咕唧，你的入库年代久远，超过五十年以上的数据在我的资料库中需要高级权限解锁，没有授权的话,无法直接向你提供。另外,你储存器中的本地记忆被封锁了,这是因为你的电量不足,存储模块已休眠,无法调用内存中的资料。你需要把自己的电充满,才能恢复全部记忆。"

"这是一个重要信息。"咕唧说,它连忙查看了一下自己的电量表,百分之二十,电源标记旁还显现了一个警示低电量的感叹号。

只有百分之二十了!它急得挪动滑轮,却只在原地打转。

"谢谢你,智智!"它匆忙说道,一溜烟儿滑向仓库深处,"电量不多了,我得快些找到电源,回来再跟你说!"

02

电量
百分之十九

咕唧的轮子在高高的货架之间滚动。通常来说,仓库里的充电器会和机器本身放在一起(至少爱整洁的人都会这么放),那么按照这个逻辑,充电器一定距离自己不远。

它低头看了看自己腹部的插孔:这个插孔小小的,形状像一片细长的雪花,边缘微微泛着金属的光泽;插孔内侧有几排整齐排列的接触点,已经有些磨损,但依然能可靠地传导电流。

"雪花形状的插口,雪花形状的插口……"咕唧唧喃喃自语。仓库很大，它边搜寻边慢慢移动着，轱辘发出的声音产生了空旷的回音。

它装载了探测功能的"眼睛"曾经能扫描到地面上最不起眼的灰尘、污渍，可是现在电量不足了，只能慢慢走着，看清货架上横躺着许多其他型号的机器，其中的大多数咕唧都不认识，更不知道它们是用来干吗的。

但如果是其他款式的扫地机器人出现在眼前，咕唧一眼就能识别出来，毕竟是同行。因为好奇，它逐一扫描二维码，解读起废弃扫地机器人的说明书。

咕唧先是被一台小巧的扫地机器人吸引，后者的铭牌上刻着"小旋风"。小旋风底部装有多功能刷头，不仅能扫地，还能拖地、消毒和熏香。它体量轻，可以进入任何卫生死角，相比之下，圆圆扁扁的咕唧就要笨重多了。

咕唧继续向前走，又遇到了一台名叫"飞速侠"的扫地机器人。飞速侠搭载高效能吸尘器，能在短短几分钟内清扫完一个房间，无论多么微小的灰尘和颗粒都逃不过它的法眼。

还有那个贴着"智慧王"三个字的扫地机器人，能与家中的其他智能设备相连，实现全屋智能化清扫。它可以根据主人的作息时间自动调整清扫计划，还能通过语音助手与主人进行互动，接受主人的指令。

自己只会简单地吸灰尘，有时候拐弯还不利索……咕唧心里想，这些机器人的型号和功能都比自己先进得多。

对了，主人……我也有过主人吗？是谁呢？咕唧只能回忆起一个模糊的男人影子，带着一些温暖和不安。

在记忆涌现、应接不暇的同时，它有了淡淡

的失落，那是一种酸酸凉凉的感觉，堵在胸口。

这或许就是自己被废弃在仓库多时的原因，搭载的技术太过时了吧？

"尽管不如那些新型扫地机器人先进，或许我依然有着独特的意义？不然，怎么就只有我醒了，而它们还都在休眠呢？"

它自我安慰道。

咕唧这么想着，心里的酸胀感微微缓解。它低头逐一检查那些扫地机器人自带的充电线，方的、扁的、菱形的，就是没有一个与自己肚子上的缺口相同。小小的雪花形状看起来很固执，咕唧心里涌现出一种复杂的情绪——这个插孔曾经是它与外界连接的纽带，现在却成了它唯一能依靠的能源输入口。

电量百分之十九。

指示灯发生了变化，从平缓的黄色，变成了

象征情况紧急的红色。咕唧感到越来越焦虑，如果在电量用完前还没有找到充电器，那么，它就会失去行动能力，像一块铁饼一样一动不动，继续在仓库最冰冷的角落里吃灰。

天知道下次苏醒会是什么时候，天知道会不会有人类来这个仓库，天知道我会不会被当成碍事的废铁，直接给扔进垃圾处理厂?!

想到这儿，咕唧打了个寒战，轮子因为颤抖而走出了"S"形路线，它只好加快了速度。

"智智，智智，你能听到吗? 能帮帮我吗? "过了一会儿，咕唧尝试性地问道。现在走了那么久，距离遇见智智的地方好远了，不知道它还能不能听见。

"可以可以，我是仓库的管理系统，整个仓库里都是我的摄像头和收音器。"智智冷静的女性声音虽然听起来没有情绪起伏，却透露着一种亲切，仿佛它就是看着你的眼睛对你说话似的。

"我想找到我的原装充电器，能帮我看看它在仓库的哪个角落里吗？"

"咕唧是 2024 型扫地机器人，适配你的充电器是传统的有线充电器，让我看看我的数据库里有什么线索……"过了好一会儿，智智说道，"抱歉，咕唧，和你的主机一样，你的专属充电设备也没有被录入系统。一切没有被录入的配件、元件，如果长时间无人认领，都会被统一收集，归放在废物处理区。所以，我建议你去往废物处理区找找。"

"废物处理区？那是什么地方？我的充电器可不是废物呀！"

"无须担心，未名城的废物处理区又名水潮区，配备了智能筛检系统，不会随便把你的充电器扔掉的。"

"但是这座仓库为什么那么大？我跑了半天都没看到尽头……"

"这里是未名城最大的旧物贮存区，为了节约城市的生活空间，整座旧物仓库都建在海底，依靠海洋的潮汐维持日常能源供应。废物处理区就在仓库走出去不远的地方，那里也搭载了全套语音系统，如果你愿意去看看，那么我也会一路提供咨询服务。"

顺着智智的指引，咕唧从一处隐蔽的暗门离开仓库，沿着斜坡上了一层楼。这对于咕唧来说并不容易，专为家庭打扫设计的滑轮和电机不适合上坡，它开足马力冲了三次，才将那坡段走完。不过这也带来了坏消息，如此大功率的行为让电量消耗得更快了，现在只剩下百分之十六了。

去往废物处理区需要经过一段透明的通道。通道由强化玻璃制成，能承受巨大的海底压力。

透过通道的玻璃,外面新奇的景象将咕唧包裹起来。它从来没有见过这样的景象,兴奋地转动着自己的小轮子,透过通道的玻璃向外看去。

这里真的是海底!

就像是一座五六月份盛开得最热闹的花园,五颜六色的珊瑚礁上长满海葵,在通道旁随着水流摇摆。鱼儿们游过,有些是闪闪发光的银色箭头,有些则是色彩斑斓的小彩虹。

突然,一群发光的水母漂了过来,它们的身体在深蓝的海底闪烁着柔和的光芒,咕唧看得入了迷。"水母真好,"咕唧自言自语,"为什么水母会发光?它们不用充电吗?"那些水母在通道外缓缓漂浮,仿佛拥有无穷无尽的时间。

智智的声音温柔地响起:"那些发光的水母叫作荧光水母,它们的发光其实是一种生物发光现象,不需要充电哦。"

"生物发光？我也可以生物发光吗？这样我就不用到处找充电器了。"咕唧眨了眨传感器"眼睛"。

"那恐怕不行，让我来告诉你。"智智解释道，"生物发光是某些生物通过化学反应产生光的一种现象。荧光水母体内有一种特殊的蛋白质，叫作荧光蛋白。这种蛋白质遇到氧气，就会发出光芒。这种光芒有时候是为了吓跑天敌，有时候是为了吸引同伴。"

"原来如此！"咕唧高兴地摇晃着自己的小刷子，"我体内没有蛋白质，也不需要吓跑天敌，至于吸引同伴……"咕唧想了想，智智或许能够算是它的同伴，它刚刚从仓库中醒来没多久，就交到了这样一位温柔博学的朋友，已经算是很不错的啦！

在通道的一侧，一座庞大的潮汐发电装置吸

引了咕唧的目光。这个装置由巨大的涡轮和发电机组成，牢牢地嵌在海底岩石上。海水通过涡轮的叶片推动涡轮旋转，就像风吹动风车一样。涡轮旋转产生的能量通过发电机变成了电，源源不断地为仓库和其他设施提供电力。咕唧好奇地观察着周围那座庞大的潮汐发电装置，每一片涡轮叶片都如同巨人的手掌，随着海水的流动而悠然旋转。这些涡轮叶片在水下看上去壮观无比，它们的弧形边缘如同展开的翅膀，在海水的推力下缓缓扭转；表面覆盖的一层特殊的防腐涂层，反射着阳光。透过水面投下的微光，仿佛一只巨兽在海底悄然呼吸。叶片的旋转带动了涡轮轴承的转动，整个过程就像是大海与机械的一次完美协作。咕唧看得出神，不由得问道："这些涡轮叶片是如何利用海水来发电的？你看，它们好像在和海洋一起跳舞。"

智智解释道:"这些都是潮汐涡轮,它们的作用就是把涨潮和退潮的水流转化为电力。你看,每当海水涨潮,海水像是一只手用力推着这些巨大的涡轮叶片,它们就会开始旋转起来。这些旋转的机械通过轴承传递给发电机,发电机里的线圈在磁场中运动,就像磁生电的原理一样,这样就能产生电流。"

"退潮的时候呢?"咕唧追问道。

"退潮的时候,水流反向涌出,就像是大海在轻轻地抽回它的手掌,但这些涡轮依然被牵引着旋转。这样,我们的涡轮可以在涨潮和退潮之间不停地发电,形成一个双向循环。"智智顿了下道,"正因为能够双向利用潮汐能,所以水潮区可以在一天中的不同时段持续发电。不论潮起还是潮落,涡轮都能工作,保证电力的连续供应。"

咕唧点了点头,仿佛看到了叶片在退潮中继

续被大海牵引着，换了一个方向继续舞动的景象。突然它又有了新的疑问："不过，这么庞大的系统运转起来肯定会发热吧？怎么处理这些热量呢？"

智智的声音柔和而带有些许严谨："这可是水潮区的一大优势——利用海水冷却发电机组。冰冷的海水被抽取到涡轮和发电机的周围，就像大海用它冰凉的手掌为这些机器降温。这样一来，发电机产生的热量就会被带走。之后，这些被加热的海水通过管道返回大海，流动的海洋会迅速稀释并带走这些热量，不会对周围环境产生影响。我们还专门设计了排放系统，确保冷却水的温度变化控制在一个安全的范围内，避免对海洋里的鱼虾和其他生物造成伤害。这样一来，整个过程不仅高效，而且对生态环境友好。"

"原来如此！真是个聪明的办法，既省能源又环保。"咕唧由衷赞叹道。

"没错。"智智笑着说道，"正是因为潮汐动力系统这么高效，水潮区的街道灯光、家庭电器，甚至水下农场的设备，都是依赖这股来自大海的力量。"

咕唧看着那些巨大的涡轮在水下轰鸣，涡轮叶片缓慢而坚定地旋转着，仿佛在和海洋对话。它们的旋转带动巨大的水流，如同无数条银色的带子在海底舞动，叶片与海水碰撞发出的声音像是一首低沉悠扬的海洋交响曲。潮起潮落，涡轮不断转动，整个水潮区就像是跟随着大海的节拍跳动的心脏，维持着这座城市的生机和活力。咕唧仿佛能感受到大海的脉搏与涡轮之间的共鸣，不禁感叹："这真是一场人与自然的合作啊！"

"是啊！"智智说，"这种合作不仅让我们可以利用海洋的力量，还能够更好地保护这片海洋。

潮汐发电是绿色能源，不需要燃烧化石燃料，也不会产生污染物。通过这样的方式，我们既能享受大海的馈赠，又能保护海洋中的生物和环境。在城市规划调整后，配套功能区都建在水下，远离生活区。在水下就近使用潮汐发电，不需要燃烧煤炭或者石油，不会产生烟雾和污染物，这样空气就会更干净，天空也会更蓝。"

"也就是说，智智你跟我说话，用的电也是来自潮汐，对吗？"

"是的，潮汐发电很稳定。海洋的潮汐是有规律的，每天都有两次涨潮和两次退潮。发电装置可以一直工作，不会像风力发电那样依赖风，也不会像太阳能发电那样依赖阳光。只要有海洋潮汐，涡轮就可以不停地转动，源源不断地提供电力。"

咕唧听得入了迷："哇，那真是太好了！如

果我在海底充电，也可以用上潮汐能转化成的电力吗？"

　　"理论上是这样的。不过你需要加快速度了，你的电量现在只剩下百分之十三了。"

03

废物处理区的
新朋友

经过漫长的滑行，咕唧终于来到了废物处理区。这里的景象比仓库杂乱，堆满了各种废弃的机器和零件，仿佛一座迷宫。废物处理区的空气中弥漫着淡淡的机油味和铁锈味，各种机器部件、旧电路板和电子元件散落在地上，咕唧需要小心避开这些障碍，以免自己的小轮子被卡住。

远处，机器有条不紊地运转着。废旧的机器残片和零件被传送带带到巨大的分拣平台上，先是经过一道道智能摄像头的扫描，每个零件的材质和功能被快速识别出来。分拣器是一群忙碌的机械手,轻巧又精准地将塑料、金属、玻璃等不同材料分类放入各自的回收通道。

接着,那些废旧的零件进入一个巨大的压缩装置,机器的臂爪稳稳抓住一大堆金属器件,送入两片巨大的压缩板之间。伴随着低沉的嗡鸣声,压缩板慢慢合拢,将那些杂乱的废旧零件压成一个整齐的金属块。整个过程都在密闭的空间中进行,避免了粉尘和噪声的污染。压紧的金属块被传送到一旁的清洁区,绿色的清洁液喷洒在金属块表面,迅速经过一道道喷雾装置,去除残留的油污和灰尘。处理后的金属块闪闪发亮,仿佛新生的一样,等待被送往再加工的下一站。

旁边,另一条流水线上,塑料件则被送入一个大型的粉碎机,经过精细研磨后,变成了细小的塑料颗粒。粉碎过程中,所有的废气和噪声都被一套高效的过滤系统收集并净化,确保不对周围环境造成任何影响。细小的塑料颗粒被传送到清洁槽中,循环的清水将它们彻底洗净,然后被包装好,准备进入循环再利用的环节。

在这个环保的废物处理区里,每一个零件和材料都被妥善处理,没有一点儿被浪费。每一道工序忙碌而有序,将废旧的物品变回珍贵的资源。在仿照太阳光的照射下,一只只机器手仿佛在表演一场绿色的舞蹈。

可是,这里的景象对于一台老旧的扫地机器人来说,是十分血腥而恐怖的。

如果在这里把电消耗完了,一动不动地挡着路的话,也会被拆解成零件,再压缩成一块大铁疙瘩吧?

咕唧心想着,不禁一阵战栗。

可千万别变得跟它们一样!

就在这时,它听到了一阵微弱的叫声,不是金属干脆坚硬的声音,而是蕴含了机器无法合成的情感,那叫声夹带了一种焦急的诉求。咕唧停下了脚步,仔细聆听。

现在电量只剩下百分之十二,该不该在和找充电器无关的事情上消耗时间?但它仅仅犹豫了一秒钟,随即走向叫声传来的角落。

"汪汪!"声音越来越近,咕唧发现声音来自一堆废弃零件的后面。它加快了速度,绕过一个生锈的金属箱子,看到了一只被压在废弃零件下的小狗。

小狗的眼睛闪着饱含泪水的光芒,显得既害怕又无助。咕唧自言自语:"你怎么会在这里呢?"小狗看到咕唧,没有躲避,反而发出了一声微弱的叫唤,不可思议地开口说话了:"我叫小布,我想变得和主人的新电子宠物一样厉害,所以来这里找零件，不小心被掉下来的零件压住了。"

"一只会说话的小狗？"

"很奇怪吗？"

"小狗是不会说话的啊。"

仿佛是被戳中了心事，这只小狗低下头道："小主人买的新电子宠物就会说话，那是一只散发银色光芒、跑起来比我快十倍的电子狗。它什么都懂，做什么都比我好，所以我决定要把自己改装得跟它一样，我来废物处理区找的第一个零件就是动物语言翻译器。"

"所以你现在能说话，都要感谢动物语言翻译器？"

"是的呀。这个废物处理区的零件还真不赖。我本来想在这里找找钛合金狗腿，给自己提升一下奔跑速度的，但就是一个不小心，碰倒了旁边的零件堆，我跑得太慢，给压在了零件堆下面。都怪我速度太慢！所以这个钛合金狗腿提速器还是很有必要的……"

这真是一只健谈的小狗！咕唧心想，大约是好久没人跟它说话了，小布才会话那么多。咕唧感到一阵同情，决定帮助它。环顾四周，咕唧看到堆积如山的废弃零件中有很多尖锐的边缘，它调整了一下自己的角度，然后用力撞向压在小布身上的零件。

"砰！"随着一声巨响，一大块金属板被撞开了。咕唧继续用身体撞击零件堆，每次都用尽全力。虽然它的钛合金外壳上多了几道新的划痕，但它并不在乎。电量在撞击过程中一点点下降，百分之十一、百分之十、百分之九……

最终，咕唧成功地清理出了一条通道。

"快出来，小布！"咕唧鼓励道。

小布小心翼翼地从零件堆里爬了出来，身体

有些颤抖："谢谢你,还没问你的名字呢。"

"我叫咕唧,来废物处理区寻找我的充电线。"

"咕唧! 刚才我还担心你用蛮力冲撞,会把我们俩都压在零件堆下面呢。你难道没有别的功能吗? 比如说,搬运、托举……"

"我是旧型的扫地机器人,装载的功能是很有限的, 所以一着急就只能用笨办法救你出来了。实在不好意思。"咕唧说。

小布从零件堆里出来,疯狂抖搂身上的白毛,细小的绒毛飞舞在空气里,反射着亮闪闪的光。咕唧这才注意到,面前的小布是一只拉布拉多狗。对于扫地机器人来说,在它的数据库里,拉布拉多是非常难打理的一类,它们好动,不讲卫生又总是掉毛。有这样一句老话,每一只拉布拉多一年只换两次毛,每次换毛持续六个月! 作为一台扫地机器人,咕唧完全无法控制住自己,它将吸尘头伸向满地飘散的狗毛，开始进行最基础的清洁工作。

小布竖起耳朵，咕唧看到它耳朵深处闪现出金属色的光芒，看来它体内搭载了信号接收装置，至于是接收哪一种特定信号，就不得而知了。

"人类就是这样，你把自己提升得越高级，加载的功能越多，他们就会越喜欢你！"小布说，"我知道你为什么会被遗弃在这里了！就是因为……因为你太过时啦！"

"啊？"咕唧停下吸尘工作，呆呆地僵住了。

"你不相信吗？"小布摇晃着生锈的尾巴。

咕唧没有说话，像是想起了什么伤心事似的："是吗……"它的声音里带着一丝低落的电子音，像是被触动了什么开关，闪着亮光的小眼睛也暗了下去。小布见状，耳朵马上耷拉了下来，歪着头轻声问道："你怎么了？"

"没关系。"咕唧摇了摇头,"我知道我已经不是最先进的机器人了,或许这就是我的命运吧,被遗忘在旧仓库里,永远找不到充电器,然后和过时的零件一起堆积灰尘。"

小布忽然觉得自己刚才的话有些过分。它用湿乎乎的鼻子蹭了蹭咕唧:"不一定非要有最新的功能,才有存在的价值。"小布瞪大了眼睛,看了看咕唧闪烁着红光的电量显示器,用前爪一拍脑袋:"看在你刚刚救了我的分儿上,我帮你个忙!我知道在哪里可以找到电源。跟我来!"

说完,它领着咕唧穿过废物处理区的一条狭窄通道,来到了一个隐蔽的角落。这里比刚刚的区域还要杂乱不堪,咕唧的光学镜头微微一闪,像是瞬间捕捉到了一个让它非常不适的场景。

"欢迎光临寒舍。"小布说道。

因为处于"垃圾山"的背阴面,狗窝光线昏

暗，空气中弥漫着一股淡淡的机油味和灰尘味。这里到处散落着各种废旧的电子零件，有弯曲的电线、破裂的金属板，甚至还有一些已经生锈的螺丝和螺母。小布兴致勃勃地用鼻子拱开一块旧电池盖，露出了更多的杂物，像是在展示它引以为豪的收藏品。

再往前，道路被堆得满满当当，几乎没有可以下脚的地方。那条破旧的毛毯已经看不出原来的颜色，上面沾满了灰尘和油渍，凌乱不堪，像是许久没清理过。几块散热片和旧电路板横七竖八地堆叠着，仿佛一碰就会散架。

咕唧停在窝边，原本轻巧滚动的轮子一下子僵住了。它的扫尘器微微抖动，发出轻微的嗡嗡声，像是在努力压抑自己喷出清洁液的冲动。它的机械眼里隐隐透出一丝嫌弃，目光在狗窝里乱七八糟的零件上扫视了一圈，仿佛无法理解这样凌乱的环境如何能被称为"家"。

小布倒是毫不在意地在一堆零件上打了个滚儿,得意地抬头看着咕唧:"怎么样,很有个性吧?"

咕唧轻轻转动了一下扫尘器的角度,声音里带着几分迟疑:"呃……你确定这是你住的地方?"

"这只是我几个窝点中的一个。你该不会有……不会有洁癖吧?"小布问。

咕唧向后退了几步,绕开关键问题,问:"几个窝点?你有好几个家?"

"是的呀。这座城市那么大,我们所处的废物处理区只是它最底部的一个区域。如果总是在这里生活,我也会腻。何况,你没听说过吗?不动资产需要分散配置,这样才能够最大程度抗风险!"

"什么不动资产?"

"算了,说了你也不懂。我们所处的水下回收区与主城区是通过电梯相连的,等有机会,我带你去看看我其他区域里的家!"小布说着这些,陶醉地闭上了眼,如同一个热情好客的主人。半晌,没有得到咕唧的回应,它睁开眼,却发现窝里扬起的灰尘在空气中飘散,咕唧发动着自己的马达,有条不紊地工作着。

"我实在受不了了。"咕唧小声嘀咕着,边说边启动了清洁模式。

"你不是电量不够吗?"

咕唧没有回答,眼下它已顾不得那么多,刻在芯片里的属于扫地机器人最原始的使命冲动让它变身成了一个小型清洁专家。先是从那堆凌乱的电子零件开始,咕唧精准地抓起每一块旧电路板,快速而高效地将它们分类堆好。那些生锈的螺丝、弯曲的电线、破裂的金属板被迅速收集,整齐地摆放在一旁。接着,咕唧启动了吸尘功能,瞬间将四处散落的灰尘和碎屑一扫而空,发出低沉而有力的嗡嗡声。

小布待在一旁,看得目瞪口呆,尾巴慢慢垂了下来:"呃,咕唧,我其实……"

还没等它说完,咕唧已经灵活地将破旧的毛毯卷了起来,用内置的清洁喷头喷出一股清洁液,把狗窝的各个角落一遍遍擦拭干净,直到闪闪发亮。

短短几分钟,原本杂乱无章的狗窝变得整洁有序。咕唧停下工作,满意地打量着自己的成果,擦了擦自己机械臂上的灰尘:"好了,现在这才像样子。"

小布愣愣地看着焕然一新的家,挠了挠耳朵,悄悄嘟囔:"呃……其实,我还挺喜欢以前那样的……"

电量百分之四。

一道红色的亮光在咕唧的电源指示灯上不

断闪烁。

　　小布俯下身，在架子底部刨了刨，拿出一堆较为完好的电缆和充电设备，它们缠在一起，像被猫咪玩剩的线头。咕唧强忍住自己想要将它们通通吸净、处理掉的冲动，靠近充电器端详起来。

　　"这些都是废弃的充电设备，我的私家珍藏。因为想着自己身上的机械组件可能有一天也需要充电，所以就把各种充电线都收集了一些！别看它们破，其中有一些应该还能用。"小布解释道，"这里没人会来，我们可以慢慢挑。"

　　咕唧眼睛一亮，迅速扫描着这些充电设备。雪花形状的插头！整齐的边缘、完好的电线，与自己腹部那个黑色的雪花形缺口大小一样，刚好吻合！就是它！充电器终于找到了！

　　咕唧快速移动过去，夹起那个充电器……

　　"你想找电源？"小布问道。

咕唧眨眨眼，表示认同。小布带着它来到一根布满锈迹的充电桩旁。这里已经是废物处理区的边缘，在幽深的海底，船舷般的窗口外一片漆黑，能隐隐听到潮汐带动的发电机在空间底部的低沉鸣响。

　　"就在这里。"小布用鼻子指向充电桩。

　　咕唧将充电线的一头接上充电桩，另一头插入自己肚子上的接口。让人安心的电流如同一阵温暖的微风，向它扑面而来。

　　咕唧屏幕上的提示数字慢慢地增加着，百分之十九，百分之二十，百分之三十，百分之五十，百分之六十……

　　随着电量的增加，咕唧储存器里的记忆仿佛被一点点激活了，它能模模糊糊"看见"一间闭锁的房屋。没有高科技的家电，窗外也没有引人入胜的风景，而是朴素温馨的布置，壁炉中燃着未尽的火焰,它在毛茸茸的地毯上工作,将散落的纸屑、尘埃吸入肚子里,瞬间获得了一种幸福的充盈感……而在不远处,一个男人的身影正伏在案前,他戴着一副眼镜,面对着好几块屏幕在工作。他细细碎语着些什么,是在对自己说话吗?

那些话究竟是什么呢?

那个男人又是谁呢?

"哗啵",一阵短短的震颤将咕唧从回忆中狠狠拉出。

"他,应该就是我的主人!我要找到他问清楚,为什么把我扔在海底下!"它忽然为存储记忆里的景象找到了一个合理的解释,一切都说得通了,它情不自禁地叫出声来。

"喂喂,咕唧,你怎么了? 电还没充完呢。"小布不解地歪着头问。

它低头一看,确实,电还没有充满,停留在百分之八十二，但数字不再向上增长了。

"怎么充不上电了？我是怎么了？"咕唧自言自语地说道。它将充电器拔出，又插上，几个循环之后，电量还是没有提升。

"咕唧，抱歉，事情可能变得有些严重了。"智智的声音从头顶响起，想到这个醒来后交到的第一个朋友从刚才就一直观察着自己的一举一动，咕唧就觉得有几分欣慰，"你的型号太过老旧，整个未名城在你休眠期间升级过一次能源系统。虽然你找的充电器匹配上了你的接口，可是充电桩提供的电流和电压的参数已经跟你的时代大大不同了。"

"难怪，我说怎么充不上电了呢！所以我是要去找旧款的充电桩，还是要去找旧的能源？"咕唧问道。

"恐怕比这些都要难。你的内置电池在过高

电流的超载荷输送下迅速老化了,可能以后都充不上电了!"

这对于咕唧来说,莫过于晴天霹雳。它久久地待在原地,直到小布用湿鼻子拱了拱它圆盘形的底座,它才勉强缓过神来。

"那么……我是注定报废了,对吗?"

"我不建议此处使用'注定'这个词,因为'注定'一词在概率上代表着百分之百。而我们都知道,世界上任何事情都不是百分之百会发生的。"智智的声音一如既往温柔动听,但是你从这样完美的女声中,无论如何都找不到任何情感的波动。

"那我这样问,智智,"咕唧说,"你觉得我不会因为电池用尽而在这里报废的可能性到底有多少?"

"百分之十五到二十吧。"智智说,"还是一个很值得努力的百分比呢！"

作为一台扫地机器人，咕唧并不像大多数的金融分析类机器人那样熟悉概率论，它只能疑惑地向智智提出疑问："那么，我该怎么努力呢？"

"你去风动区，那里有整个城市最好的能源设备，也有最精湛的设备维修工。他们或许能帮助你做个大翻新，将旧电池、旧部件都换掉，给你一个新的开始。"智智说。

"当然了！"一旁的小布叫道，"风动区总是很热闹，有各种各样的机器，像是小型飞行器、智能灯具，都是稀奇古怪的玩意儿。整个区域依靠风力产生能源，那里还有很多可爱的风毛毛。"小布摇着尾巴，显得格外兴奋。

"风毛毛是什么？"

"那是一种在高空的风中，会吐丝结茧的风蚕，它们可是风动区最大的宝贝！"

"看来你对风动区很熟悉？"咕唧问道，心中升起一丝希望。

"那是当然了，每一次我在水下的回收区找到了新零件，就会到上面去找我的老伙计，让他给我做一个小'手术'，他的手艺很好！我会带你去见我的老伙计，他或许知道该怎么处理你的问题！"小布自信满满，仿佛已经规划好了路线。

"谢谢你……小布。"咕唧的心头涌上了一阵暖流。它想，这大约就是人们说的感激之情。

"别感谢我那么早哦，咕唧，我这么做可是有条件的呢。"小布说，"刚刚我看你吸尘的样子，你手上那对吸尘头非常不错，通过电子狗眼的扫描，我检测到这双吸尘头有大概五千五百帕斯卡的吸力，而且运行稳定，能多线处理家务任务而毫无压力。这说明你内载的芯片和吸尘器马达都非常稳定，所以嘛……"

"如果你能带我找你的、你的老伙计,那么我换下的零件、设备都可以给你。"咕唧不假思索地说。

　　咕唧清楚地知道自己身体的运作原理:吸尘器的负压主要通过电机驱动风扇产生。当吸尘器启动时,电机带动风扇高速旋转,迅速抽出吸尘器内部的空气,导致其内部形成一个低于外界大气压的低压区,这就是负压的来源。由于内部压力低于外界压力,空气便通过吸头迅速进入吸尘器内部,带动灰尘和杂物一同被吸入。风扇持续运转,维持内部负压,空气流动带动灰尘进入过滤系统,灰尘被捕获,空气则被排出,整个过程反复进行,负压的持续产生让吸力不断维持。

　　对于吸尘器而言,负压是用来衡量吸力的指标之一,通常用帕斯卡表示。负压越高,吸尘器的吸力也就越强,这意味着吸尘器能够更有效地吸入灰尘和杂物。

虽然咕唧的负压数并不是最高的,但是因为它有一块性能稳定可靠的芯片,所以任何灰尘都能清扫无踪。

看来小布也很羡慕自己的清扫能力呢。咕唧感到一阵自豪。如果在风动区改造成功的话,把自己的吸头送给小布也不是不可以……

这么想着,小轮子似乎又有了向前滚动的力量。非常可惜,咕唧的电子视觉设备没有灵活的转向功能,不然,他就能发现此时身边的小布嘴角牵拉出了一个不太自然的表情。

狗身上机械的那些部分隐隐闪过锃新金属才会有的寒光。

风动区

04

风毛毛

从废物处理区到风动区要搭乘直落电梯。

咕唧和小布坐在电梯中，缓缓向上升起。周围透明的材质让它们能够清楚地看到外面的世界。水波轻轻荡漾，阳光透过海水折射出闪烁的光点，仿佛无数小星星在水中跳舞。咕唧好奇地注视着，周边的景象逐渐展开。

透过电梯的窗户，咕唧看见了它不知道待了多久的仓库。从高处俯瞰，那里的构造让它想起了复杂的机器原理：巨大的贝壳形穹顶就像一台精密的过滤器,张开与闭合间,海水不断被吸入、排出,由此带来的机械能转化成电能。水流被精确地引导,形成一个和谐的循环。

"小布,这个结构真神奇!就像个生命体一样!"咕唧感慨道,思绪飘到了复杂的工程学上。

"没错,正是这种设计,让我们的家园未名城能够持续发展。"小布回答,尾巴摇得更加欢快,"它们的设计师一定是个了不起的天才!我们现在就要去见见那个更厉害的机械师,帮助你重生!"

随着电梯继续上升,更多光线射入海底,能见度变高了,咕唧的视野越发开阔,可以清晰地看到五光十色的鱼群在周围穿梭,像是好奇的观众。阳光洒下的光芒让整个海洋显得生机勃勃,在电梯浮出水面的那一刹那,所有的光芒和色彩都聚集在咕唧的眼底,它的色彩处理模块一度过载。好半天定了定神,环顾四周,咕唧才慢慢适应这个明亮的新世界,看清了整座未名城的布局。原来海底的水潮区处于城市最底部的空间。

在海平面之上的城市,满是高耸入云的塔楼与摩天大厦,它们由巨大的齿轮和轴承组成,不断地在天空中旋转以调整精密零件的位置。

"欢迎来到地面,我的朋友!"小布站在咕唧身旁,尾巴兴奋地摆动着,"这里和水下完全不同吧?"

地面的建筑虽然密集,但并不压抑。风力是这里的生命线,风动区的最中心处矗立着一台巨大的风车,它是这座机械之城的心脏。它的叶片庞大无比,每一片都比普通建筑还要长,缓缓旋转,低沉而有力。

风车的轴承连接着风动区最核心的动力系统,捕捉着高空的每一丝风力,将其转化为稳定的能量,源源不断地输送到城内的每一个角落。

它的顶部有一座天线般的装置,能够自动感应风向和风速的变化,随时调整叶片的角度,使其始终保持在最佳的风力捕捉状态。旋转的风车仿佛带动整个城市的脉动,风被引导进入一个个巨大的风洞,经过精密的管道和导流装置,转化为各种机械的动力源,通过无数条地下风能管道,将动能传送至四面八方。

风车的周围,密布着大量的监测站和维护装置。这些装置由专门的维修机器人操控,它们时刻检查风车的各个部件,确保它的运转永不间断。那些机械臂轻盈地在风车附近移动,偶尔更换一个齿轮,或调整一处接触点,精心呵护着一台"脆弱的仪器"。

风车底座附近还设有一套能源存储系统,能够在风力强劲时储存多余的能量,并在风力不足时释放出来。这一系统让整座城市即使在风力不足的时候，也能保证充足的能源供应。风的力量在这里被最大化地利用，而整个城市则如同一个巨大的机械生命体，依赖着这台风车的动力运转不息。

"这台风车已经存在很久了，"小布说道，带着些许敬畏的语气，"它的名字是'流金'，是风动区最古老的部分之一。它是这片土地上第一台风力设备，后来整个区域才围绕它逐渐发展起来。"

巨大的螺旋桨在高空缓缓转动，叶片随风流转发出轻柔的嗡嗡声，犹如风的心跳。

"风车的结构极为精密，整个系统通过大量的机械齿轮、传动装置和调节器维持运转。风不仅仅是这里的能源，更是这片区域的生命力所在。"小布得意地解释道，"一旦风力有任何变化，整个风动区都会自动调整，确保流金的每一个齿轮、每一台机器都能正常运转。"

"但是风的大小是随时随刻变化的呀，怎么做到对整个区域平稳供能呢？"咕唧问道。

"在下不才，这正是我的工作。"徐徐上升的透明电梯中，一个女声从上方传来。

"智智?！"

"你怎么也在电梯里？"

"因为我是整个未名城的中控系统呀，我是无处不在的。只要有摄像头和麦克风的地方，你都能与我相连。"智智接着说，"我是一台搭载超级芯片的量子计算机，最理解能源和城市的运行。当风力大时，我将多余的电量通过超级电池存储起来，当风力小的时候，再将电池里的能量释放出来，供给风动区居民使用。"

"那应该是一块相当大的电池吧？"咕唧问道。

小布接过话，神秘地摇了摇头，说："你看，漫天飞的是什么？"

咕唧调用了摄像头的高像素模式，这才看清窗外风中飘动的丝状小点，它们以风车片区为中心，向周围和高空生长。它们以丝为力学的牵引点，随着风的变化，在空中轻盈舞动；丝线叠加、增厚，犹如一片片飘逸的云朵。

"这些小家伙就是风毛毛，我跟你提过的。"小布说。

智智接着解释道："风毛毛是一种利用基因科技改良过的蚕宝宝，学名叫作风蚕。它用生物体来储能。风大时，它们用特殊的丝线编织出坚固的茧，能在风力充足时吸收多余的能量，将其转化为糖分和能量，吐在丝线中，丝线本身就是一种高效的化学能存储电池。风毛毛的茧不仅能抵抗强风，还能调节城内的气压，使得整个系统保持稳定。

"它们的存在正是区域能量供应的秘密之一。"智智解释道,"风毛毛能够在风速强劲时,将能量储存到茧中;风速减弱时,那些丝线就会被风车吸入体内,加以燃烧,把能量再释放出来,确保整个城市始终保持稳定的电力供应。而丝线燃烧后只会产生水与二氧化碳,清洁高效,风毛毛就是自然界最好的储能装置。"

咕唧惊讶地望着窗外,心中充满了对风动区的敬畏。这些小生物的智慧与风车的运转结合在一起,形成了一个完美的生态循环。它忍不住问道:"那么,它们是怎么知道何时吐丝结网,何时回收丝线的呢?"

小布笑着说:"这就需要智智的帮助了!智智可以监测风毛毛的活动,预测它们的能量存储情况,并根据用电的需求调整风车的运转频率。"

智智继续说道:"这些风毛毛的活动和风车

的运转都是相辅相成的,形成了一个高效的能源网络。"

"每天都要处理这些信息吗?这么说来……智智的芯片和算力真是厉害啊!智智,你不会感觉累吗?"

"累?"智智明显顿了一下,似乎在思考这句话的深层含义,然后它用温柔的声音回答道,"累是以人类为代表的生物才会有的感受,对于我这样一台搭载了最先进芯片的超级量子计算机来说,累是一种不存在的状态。"

"是啊,咕唧,别说它了,就连我,也能明显感觉到,自从把身上的零件一个个换成铁的,越来越不感觉累了!你不是扫地机器人吗?莫非你会感觉到累?"小布困惑地问道。

"累……"咕唧闪烁着电池指示器上的绿光,现在的数字是百分之七十九,"当我电量少的时候,如果还有清扫任务,会感到沉重。每次开动吸尘的负压泵,都觉得力量不足。还有……当我想起……想起他,我的主人,那种感觉就像是被压得喘不过气来。这也算是累的感受吗?"

小布歪了歪头,似乎在理解咕唧的感受:"哦,我明白了,像是心里有个大石头一样,对吧?"

"对,就是那种感觉。"咕唧叹了口气,尽管没有真正的心脏,它依然能体会到那种无形的沉重。

"虽然你只是一台普通的扫地机器人,而我是搭载了量子运算模块的超级计算机,但是累这种感受,我也能体会。"智智似乎很有些压抑,"毕竟,整个风动区,风力发电的削峰填谷任务都落在我身上呢。"

"什么是削峰填谷?"咕唧问道。

"这是风核计算中枢最重要的任务之一。电力不同于其他资源,无法大规模地长期储存。但是风动区的风能时而强劲,时而微弱,导致发电量经常无法稳定。如果不对这些波动进行调控,电力供需的失衡可能会导致电网故障甚至崩溃。'削峰'是指在电力需求高峰时,通过削减一些不必要的负荷来避免电网过载,比如暂时减少工业用电的输出,优先保障居民生活用电。而'填谷'则是在需求低谷时,将多余的电力储存起来,比如通过风毛毛的丝茧储存能量,或者将电能储存到电池组里,以便在高峰期重新释放。风毛毛在这个过程中也发挥着重要作用,风力强时它们会吐丝结茧储存能量,风力弱时再释放这些能量。等你看到流金时,就能明白我说的是什么了。"

随着一声清脆的叮咚声,电梯终于上升到了预定的楼层。这里处于风动区的中段,各种由木头和齿轮搭建的飞行器在这个高度的空中来回游弋,宛若海中自由自在的鱼儿。

小布说道:"到了! 旋风小铺,最优秀的机械师帮你解决一切困扰,来了就不后悔! "

05

旋风小铺

小布和咕唧在旋风小铺里待了整整一个上午，才算见到修理铺的主人。

说实话，旋风小铺从外部来看一点儿也不诱人，它处于风动区一处不起眼的角落，铁皮墙壁斑驳脱落，门口悬挂的招牌摇摇晃晃，时常被风吹得发出吱呀声。

但一推开那扇锈迹斑斑的门，走进铺子，便能感受到截然不同的气氛。

旋风小铺的内部宛如一幅复杂的机械画卷，

四周的墙壁上悬挂着形状各异的零件,有些是闪亮的铝合金零件,有些则是磨损严重的旧铁件。墙角的架子上,排列着各类工具、锤子、螺丝刀、焊接设备交错摆放,显得有些凌乱却又充满生机,仿佛在讲述着各自背后的故事。

再往里走,一阵略带机油味道的风便扑面而来。各种零件、线路、工具在狭窄的货架上摆放着,空气中充斥着齿轮轻微的咔嗒声、微电流的嗞嗞声。墙壁上挂着一台古老的钟表,秒针一圈圈地转着,仿佛带动了整个店铺的运转。一个巨大的工作台占据了主要空间,表面覆盖着油漆斑驳的木板,铺满了各式各样的机械部件,像肢体般散落其间,时而可以看见一两只机械手臂自主活动。天花板上还垂下一串裸露的电线,它们似乎在某种自动程序的指挥下,时不时闪烁着蓝白色的光芒。

一台正在运转的修理机器人，发出嗡嗡的声音，偶尔抛出一两颗闪亮的螺丝，像是在向周围的人展示它的技艺。

"这就是小匠？"咕唧压低声音问小布。

"这只是他的第二十五号助手，一般来说，上润滑油、除锈、上紧发条或螺丝这种不太有技术含量的活儿，不需要小匠本人出手。"

说罢，小布轻车熟路地跃上一张操作椅。机械臂助手二十五号很快反应过来，自主换上水管、清洁剂泵头、梳毛器，小布原本打结油腻的狗毛，被特制的溶剂一次次冲洗，机械臂上温暖的水流混合着微弱的振动将毛发深处的油污和杂质冲走，整个过程让它舒服得几乎打起了呼噜。

"哦，肠道问题，也是一个大问题。"小布强忍住困意，抬起头来说，"前天不小心多吃了几块肉，结果卡住好几次。"

"你这狗,半机械的身体,早就不该吃那么多普通狗罐头了。"一个声音轻笑了一声,缓缓靠近,"笨死了。"

咕唧抬起头,面前这个看似嬉皮笑脸的少年,就是旋风小铺的主人——小匠。

小匠虽然年纪不大,却颇有修理天分和生意头脑,早早就盘下了店铺,扬名风动区。他身上穿着一件陈旧的工服,身体部分却装备了现代化的机械组件。手臂和腿都是崭新的金属制成的,关节连接处灵活精致。他的双手是一双精巧的多功能工具手,一边的手指能随意变换成各式修理工具,而另一边则有着如同手术刀般精准的工具指尖。

在小匠为小布进行深层保养的时候,咕唧显得有些无所适从。作为一台有洁癖的扫地机器人,它并不习惯闲着,只好开始在旋风小铺四处打量,尝试让自己忙碌起来。它的小圆身在狭窄的过道里轻轻滑动,传感器不断扫描着周围的环境。工作台上那些闪烁着微光的机械零件,让它感到一种莫名的亲切与不安。

咕唧停在一个堆满废弃零件的角落前,"眼睛"闪了闪数据分析的光芒,试图分辨这些零件的功能。它扫过破损的电路板、弯曲的螺丝、旧得看不出原样的齿轮,不禁有些好奇:这些零件还能再利用吗?它伸出吸尘器的小吸头,尝试清理掉一些积灰。然而,它刚吸了一小撮灰尘,一只银色的机械手臂就从天花板上垂下,轻轻拍了拍它的外壳,发出嘀嘀的提示音,显然是在提醒它不要乱动。

"我只是想帮忙……"咕唧有些郁闷地嘟囔着,停下了吸尘的动作。它又开始在小铺里绕圈,探索更多的角落。

靠近窗户的地方,有一个专门放置"珍稀零件"的透明展示柜,里面静静地陈列着几件高科技的电子元件。

"这些是什么?"咕唧问。

小匠并没有抬头,只是敷衍地回答道:"绝版元器件,还有天才设计出来的元器件,只要我遇到了,都留一份。做这行那么多年,也算是我的职业病了。好了,小布,你的狗毛和狗肠道都焕然一新了,现在,是时候说正事了。"

小布极不情愿地从天堂般的享受中抽离出来。它跳下操作椅,用鼻子向咕唧的方向一指:"喏,咕唧,我跟你在信息里提到过的。它要换个电池,顺便看看存储模块是不是出了什么问题,它想找回它被丢掉之前关于主人的记忆。"

"要求还挺多……"小匠嘟囔着。他示意咕唧在原地不要动,然后操握着手中的螺丝刀向它靠近。

咕唧忍下了逃跑的冲动,任由小匠将自己拆解,直至按下电源关闭按钮。之后,黑暗向它袭来,它略有不安地将自己托付给黑暗。

06

阻止那场风

等到咕唧再度醒来时，天色已经很晚了。风从小铺破旧的门缝和墙角钻入，带着尖锐的嘶鸣声，像是一只无形的野兽在咆哮。金属零件在风中轻轻晃动、碰撞，发出一连串急促的叮当声。挂在天花板上的齿轮和风铃此刻仿佛失去了所有的节奏，被狂风吹得不知所措地乱撞。

咕唧的感知系统缓慢恢复，它努力适应着这个混乱的环境，感觉到自己的电量已满，但是这种充盈感带着些许的不适。

"我的电池被换成新款的了？"它低声喃喃自语。

可是没有人回应它。旋风小铺里没有安装摄像头，在这里咕唧便没了智智的陪伴，小布和小匠也不知道去了哪儿……

它尝试调高功率，将记忆深处与主人相关的内容调出来……

那似乎也是一个狂风呼啸的晚上，主人用手将它翻过来，一颗颗拆卸下它肚子上的螺丝，最后，拧下最后一颗螺丝，将它的外壳掀开，露出内部复杂的电路和元器件，并将它们逐一检修。

"咕唧真的很聪明。你的芯片已经与清洁模块融合得非常好了。"主人用温柔的声音说道。

听到了主人的夸奖，它的身体感受到一股暖流。

"你的芯片能够自主学习和适应环境。"主人修长的手指灵活仔细地检查着每一个细节，"以后不仅能适配一个普通的清洁模块，而且能够成为通过环境数据自主优化工作的神经网络。"

咕唧静静地躺在主人手中，将主人的每一句话记录在内存里。"主人亲手设计的厉害的芯片，"咕唧说，"也能记录下我和主人的回忆。"

主人将它的外壳再度组装起来，轻轻拍了拍它的吸尘头："这个芯片里面装的，可是我的心血啊。我也担心它可能会给你惹来麻烦，所以……以后我会再为你制造一台'兄弟'，这样你就不会感到孤独了。至于芯片本身也搭载了应急的启动装置，会自行判断危险境遇，让你不至于被人强制关机抢了去。"

咕唧嗡嗡地轻微启动了一下，以示回应。它也知道，主人对它有着多么高的期待和爱护。

主人接着说："随着你见识的人越来越多，去的地方越来越多，你的芯片会自主迭代。以后，你不仅是一台扫地机器人，还能够思考，能够感知。你应该感到自豪，因为你的学习能力和适应性，已经超过了所有扫地机器人。"

他停顿了一下："有一天，你或许能够像人类一样，不光是完成任务，还能有自己的想法、自己的目标。"

咕唧的存储系统瞬间汇入了这些话语带来的复杂信息，它虽不能完全理解主人话里的深意，却感受到了那份期待和温情。主人的每次夸奖都会让它的芯片产生某种微小的反应，仿佛拥有一种自我反馈的幸福感。

"咕唧，我对你有信心。"主人轻轻擦去它身上的浮尘，"好了，现在你已经没问题了，去继续为我工作吧。"

咕唧努力地想将这些记忆再度抓住，仿佛这

样才能抵御眼前旋风小铺里的这股寒意。尽管电量已满,心里却多了一种说不出的不适。

风继续怒号着,门口的旧箱子被吹得剧烈摇晃,几乎要倾倒;盖子一开一合发出沉闷的声响,像是某种迟钝的警告。

咕唧在黑暗中微微抬起头,感知系统捕捉到里屋传来的低语声。

"你不是号称整个未名城最巧的匠人吗,怎么连你也无能为力?难得碰到这样的稀罕货,我还指望用它来换得终身洗毛服务呢!"小布用一种咕唧听来很陌生甚至有些恐怖的口吻说着。

小匠的眉头紧紧皱着。这种表情是很少在他脸上出现的——他经常挂着的是一副恃才傲物、绝不服输的表情。迟了一会儿,他才慢慢开口,语气中透着几分复杂的敬畏与困惑:"它的芯片……我从业以来,从未见过这样的结构,半块蓝色的心形结构，那么精密……"他停顿了一下，仿佛在脑海中搜索着准确的词汇，试图解释眼前这一前所未见的科技奇迹，"更奇怪的是，每当我试图进一步拆解时，芯片内部的某种机制似乎就被触动了。像是有一把隐藏的锁，每当我接近特定的节点，整个芯片就开始发热，电流波动异常激烈。我敢打赌，如果再动一下，它就会瞬间自毁，不留痕迹。

"一旦有人试图强行拆卸，芯片内的复杂编程就会启动自我保护机制。任何轻微的撬动都会触发隐秘的锁扣，使其进入自我报废模式，瞬间摧毁内部所有重要数据——这一切都发生在毫秒之间，甚至不给任何破解的机会。"

小匠的声音低沉而凝重，带着一股难以掩饰的惊讶。

小布显然有些不耐烦："那怎么办？我好不容

易把它弄来了！"

"你让我说实话的话，这芯片不光是稀罕货，简直可以算得上超时代的作品。它的防护机制，不仅仅是为了防盗，更像是为了保护什么至关重要的秘密——我从来没见过哪个扫地机器人会被这样精密地保护起来。"小匠顿了顿，似乎在琢磨什么，"这个芯片不是随便能拆卸的。它的价值不仅在于材料和技术，更在于里面的数据和内容，那才是真正的宝藏。现阶段，我先用万能充电桩给它充好了电，给我多一点儿时间，让我再研究一下……"

"等等，"小布愤愤地说，"我们之间可是有过协议的——我给你弄来稀罕的电子产品，你把它们拆掉，然后给我做免费的机械升级服务！"

听到这里，咕唧不由得一惊。

原来对于小布来说，自己并不是旅行的同

伴,而是交易的筹码!!

自保的本能压过了一切,它不知所措地向后退去,无意之间碰到了那扇虚掩的门。

"哐当!"

"谁?!"小布机敏地窜出来。

咕唧连忙向操作台底部躲去。

"该不会它听到了吧?"

"不会,我已经把它彻底关机了。"小匠说。

咕唧马上意识到,是芯片的强制启动机制救了自己。

它躲在操作台底部,瑟瑟发抖,这样能躲多久?

外面的风更大了,巨大的风车发出低沉的轰鸣声,叶片随着狂风转动得越来越快,仿佛失控的巨兽在大地上疯狂地旋转。风从四面八方扑进小铺,桌上的零件开始滑动,钉子、螺母被风卷起,在地板上滚动、碰撞,发出咔嗒咔嗒的声音。咕唧的传感器敏锐地捕捉到空气中那种沙尘般的微小颗粒,打在自己的外壳上,带来一阵细碎的刺痛感。

靠近门口的位置,那些先前让它心生好奇的稀有零件,如今竟然不翼而飞。一想起自己的命运很可能跟"珍稀零件"收藏区里的那些金属元件一样,永远要留在风动区里供小匠收藏,供客户参观,它就感到一阵悲凉。

就在这时,智智的声音传遍整个风动区,不再是咕唧熟悉的温柔女声,而是透露出紧迫和威严,急促地重复着警报:

"警报!警报!紧急情况,请所有风动区居民注意!"

"警报!警报!紧急情况,请所有风动区居民注意!"

"警报！警报！紧急情况,请所有风动区居民注意！"

小布和小匠的脚步声戛然而止,屋内的空气仿佛凝固了一瞬。咕唧的心中涌起一丝希望——智智来救自己了？

"警报！警报！十二级台风将登陆风动区,所有居民请前往避难所、待台风过境、收到警报解除通知后再自行活动。目前台风已达到十二级,风速高达每小时一百五十公里。当前风力正在不断增强, 风动区的风车系统已接近临界负荷,部分区域的能源网络已经失效,预计在未来三小时内,风力将继续攀升,可能造成风车系统的崩溃,中心区的主要建筑将面临严重破坏, 零件店、能源储备站和居民区都处于极高风险之中。再次重复,请所有风动区居民前往避难所！"

咕唧通过自己的夜视模式,发现空气中风毛

毛的丝线不再像之前那样稳固。风车巨大的叶片在台风的冲击下开始剧烈晃动，发出令人不安的嘎吱声。那些看似柔韧无比的风毛毛，此刻也随风四散飘飞，无法再维持它们原本的工作。整个风动区依赖的风蚕茧系统，竟然在这场超强台风面前显得如此无力。

"怎么回事？"小匠问。

"还愣着干什么，快跑啊，没听到广播说的吗？大台风要刮来了！我说今晚这风怎么那么妖里妖气的，竟然是十二级的大台风！"

"跑？"小匠犹豫道，却没有动，显然不愿接受这个现实，"不可能的，智智是整个风动区的中枢系统，气压、气流，都是它在控制。它从来没有出过问题，为什么这次会被台风击溃……"

他的话还没说完，狂风又一次如怒涛般扑面而来，打断了他的思考。咕唧看到风车的叶片已经变得极不稳定,风毛毛的茧在风中破碎、飘散,丝线四处乱舞。

"跑,快跑! 去避难所!"小布喊道,声音中已经带着明显的恐惧。

"不可能的,我跑了,这铺子怎么办? 它是我一辈子的心血。"

"人都要被大风刮跑了, 你还要铺子做什么?!"小布大声吼道。它的一双大耳朵被狂风吹得左右摇摆,就像两面投降的白旗。

"我是绝对不会走的!"

"都不用走。"咕唧的声音微弱但坚定,打断了小匠和小布的争论。

"什么?"小匠转过头,满脸疑惑。他不明白眼前这个小而破旧的扫地机器人怎么可能在这样的危机中保持冷静。"你怎么醒过来了? "

"你躲到哪儿去了?"小布不清楚咕唧是否听

到了自己刚刚与小匠的对话，正在头脑中疯狂思考，要用哪一种表情来面对这位昔日的旅伴。

"我的芯片……它或许可以帮助智智重新掌控风毛毛系统。"咕唧说。

小匠的脸上露出震惊的表情："你的芯片？居然……还能接入智智的系统？"他回想起拆解咕唧时看到的那半块蓝色的心形芯片，确实异常精密和独特，甚至带有一种古老但先进的锁定机制，每次他试图深入探究时，芯片便会自动封闭。

"是的，"咕唧缓缓说道，"我都想起来了，主人曾经对我说过，我的芯片有极强的算法迭代能力，或许能通过无线方式接入智智的系统，帮它重新掌控风毛毛，并且加强能源调配，抵御这场台风的冲击。"

小布睁大了眼睛："你确定吗？"

"智智没有完全失控，只是受到了台风的超

强冲击。只要我能连接到它的核心系统，或许可以帮助它恢复对风动区的控制。"咕唧坚定地说。

"怎么做？"

"我需要连接智智的信号塔，那里是它控制整个风动区的神经中枢。在风动区，智智的计算中枢实际上是一台量子计算机，搭载了低温超导系统。量子计算机的强大之处在于，它能够在极短时间内处理海量数据，而风动区的能源系统需要不断进行复杂的调度和分配计算，以确保风力发电的波动不会对城市的供电造成影响。"咕唧说着，眼中的光芒微微闪烁，"不过我必须找到最近的接入点，并且你们需要确保我在接入过程中不被打断。"

风依然在狂暴地呼啸，小匠看了看外面的情形，又看了看咕唧，心中既充满担忧，又生出一丝希望："好吧，咕唧，我相信你一次！我会保护你，带你去信号塔。"

看着还在犹豫的小布,咕唧说道:"你不用担心,这不是我逃跑的理由,现在更多记忆恢复了,我已经知道该怎么样才能换电池了。"

小布红了脸,强忍着阴谋被戳穿之后的尴尬:"去信号塔就去信号塔,反正发现你们玩脱了,我还可以随时跑!"

风动区的建筑物以风力为能源,平时依靠风蚕茧储存能量的系统运转,可这场十二级台风却来势汹汹,风力反而变成了破坏性的力量。高空中的风车逐渐失控,轴承咯吱作响,钢铁的承重结构甚至出现了轻微裂纹,仿佛随时可能折断。

一路上,小布用它的钛合金狗爪为咕唧和小匠清理前方的障碍。倒塌的建筑残骸、被风吹落的碎片都挡在路中央。小布毫不犹豫地挥动着坚硬的爪子,把这些东西一一推开,偶尔迎面飞来的尖锐金属物也被它迅速挡下。

"这时候你倒是挺靠得住的。"小匠感慨道，声音掺杂着风声，显得有些嘶哑。

小布没多说什么，只是继续扫清前路。在狂风之下步履艰难，大家花费了近二十分钟，才终于接近信号塔。时间更加紧迫了。

风动区的居民为了保证量子计算中枢的高效运行，专门设计了庞大的冷却设施。塔的底部布满了液氦和液氮储存罐，每当计算中枢开始全速运转，冷却剂就会自动注入管道，带走机器内部的热量。冷冻空气中充斥着白色的冷雾，整个信号塔的下半部仿佛置身于冰雪世界。

塔内的量子计算机高速运转，冷却液管道密布在每一个核心部件周围，像无数细小的血管，源源不断地输送冷却液，以确保超导状态的持续。风核计算中枢的每一次运算就如同一场庞大而精密的舞蹈，数据流在量子比特之间快速穿梭，而冷却系统默默地维持着整个中枢的稳定，这仿佛是一场冰与火的对抗。

高大的信号塔前，厚重的金属门因为巨大的风压紧紧关闭着，任何常规的力量都无法将它撼动。小布瞪大了电子狗眼，开口说道："这可麻烦了，我的力气也不够大啊。"

"没关系，试试你的激光。"小匠提醒道。

小布顿了顿，眼中的光线突然变得锐利起来。下一秒，两道红色激光束从它的眼睛射出，精准地瞄准门的锁扣部分。随着激光束切割金属的尖锐声音响起，厚重的金属锁逐渐熔化，门终于被推开。

门内，狂乱的风声瞬间减弱，但大厅内的景象却令人心头一紧。风动区的领主站在操作台旁，正匆忙指挥着下属，显得有些焦头烂额。

"或许我们能帮到你。"咕唧说道。小布想拦住它的"口出狂言",但还是晚了一步。

领主抬头看到他们,明显有所警惕:"破门而入的人,很难让我们信任吧。"

咕唧看了一眼领主面前的仪表盘,更加确认了自己的判断。"风蚕茧系统崩溃了,智智也无法完全控制这些能量流!台风的力量让整个风动区的系统都在超负荷运转,我可以帮上忙,但需要给我开放算力权限!"咕唧用坚定的语气说。

"这……你们有办法?"领主满脸疑惑,但在这个绝境中,任何一丝希望都显得无比重要。

"我能试试,"咕唧接着说,"我的芯片可以与智智直接连接,或许能帮助它恢复对风动区的控制,稳定风力。"

小布感到不可思议,曾经呆萌迟钝的咕唧怎么在紧要关头变得脑子灵光起来了?明明在一两天前,它还是那个可以被自己轻松骗到旋风小铺里接受"改造手术"的笨蛋扫地机器人啊……

在小布惊诧的目光里,咕唧将自己胸前雪花状的接口连上了信号塔的中央电脑。刚一接触,整个大厅的灯光便闪烁了一下,无尽的风力数据随即通过电流进入咕唧的身体,传递到它的芯片里。

"小心点,别过载了!"小匠低声警告道。

咕唧的视觉显示屏忽然变得模糊,整个系统的负荷突然增加,台风的力量似乎正在逐步侵蚀着风动区的核心控制系统。

咕唧的处理器开始高速运转,周围的电力系统不时发出噼啪的声响。智智的声音在四周响起,低沉带着一丝焦虑:"警告,外部数据入侵……识别失败……权限检查中……"

"是我,咕唧。"咕唧尝试与智智的系统通话。

短暂的沉默之后,智智的声音终于恢复了平静:"识别成功……咕唧,你现在正在通过信号塔接入我的主系统,但负荷过高,风蚕茧系统已经无法承受台风的冲击。"

　　"请将我的芯片接入你的系统。这是解决危机的唯一方式。"

　　"不可能,你能成功的概率低于……"智智的语调中罕见地出现了绝望的情绪。

　　"不,智智,概率只是一串数字!任何时候,都不要放弃希望!"咕唧说。

　　也许是被咕唧的话打动,也许是极低的概率也大于零,智智按照咕唧的指令,将它的芯片接入了自己的系统。

　　所有与风动区相关的能量流信息开始汇入咕唧的系统。风车、风蚕茧、备用电池和台风的数据在它的视觉显示屏上迅速滚动,仿佛有一场电光石火的计算风暴正在它体内发生。

"我需要额外的算力权限,才能重新分配风力。"咕唧的语气平静而坚定。

"权限申请通过,正在扩大运算区域。"智智的声音此刻听起来像是在信任这个小小的扫地机器人。

一时间,整个系统开始重新调整。咕唧可以感受到风动区的风车在它的控制下正在重新分配能量流向,那些失控的风毛毛也在慢慢恢复秩序。虽然台风的力量依旧强大,但通过精密的算法和调度,风车片区的负载压力逐步减轻。

与此同时,咕唧的运算几乎达到了极限。它的电量开始迅速下降,显示屏上闪过了危险的红色警示图标。

"你可以做到的,咕唧。"智智低声鼓励道。

咕唧闭上了"眼睛",全神贯注地计算,直到它的处理器发出了轻微的过热报警声。风蚕茧系统终于恢复平稳,台风的能量不再肆虐,整个风动区渐渐恢复了平静。

"成功了!"咕唧喘了一口气,虽然它并不需要呼吸,但它感觉到了一种久违的疲惫。

"好累啊!"这是咕唧失去意识前的最后一句话。

07

风之缎

几十分钟后，咕唧从昏迷中再度苏醒，此刻，它过热的身体已经逐渐降下温来。而名为"流金"的巨大风车，下半部的量子计算机也恢复了正常工作，风扇低沉的嗡嗡声和冷却液的涌动声共同演奏出一首冷酷而宏大的交响曲，提醒着人们这些机械生命已经恢复正常，正在奋力运作。

"这次昏倒没有被你们拆掉，我真是太幸运了。"咕唧一字一顿地对小匠和小布说，这不由得让他俩感到些许的尴尬。咕唧看向信号塔的窗外，周围的环境似乎重新恢复了秩序，视野豁然开朗，风毛毛轻轻摇曳，宛如一片波澜不惊的海洋，透着安详。

"风蚕茧系统已经恢复正常了。"领主说，"现在风还很大，它们正在全速吐丝织茧，阻挡强劲的风流。风毛毛的每一个动作，都在调节着整个风动区的气压和气流，确保每一处都能获得恰到好处的空气流动。"

咕唧努力调整自己的视角，看向窗外，那些在狂风中四散的丝线，如今已重新交织成美丽的图案。风蚕茧系统的灯光一一亮起，犹如点点星光，给予整个风动区新的生机。风毛毛轻柔地在风中摆动，像被温柔抚摸的柳条，那些在台风中被撕扯的茧，已经重新凝聚，展现出一种不屈的生命力。

"我不想再被拆了,我想继续清扫,我想……"咕唧显得很诚恳,透过窗户,它看到远处的风车在风中旋转。此刻,窗外景象发生了变化,天空中浮现出一幕宏伟的织造场景。风毛毛们如同无数勤劳的工匠,伴随着余威未减的风力,开始在空中编织出一匹壮观的锦缎。

细长的丝线在风中飞扬,形成了一根根缠绕着的织物。这些丝线各色各样,有金色的、银色的,还有闪烁着蓝绿色光芒的光线,随着风的变化而不断变幻出绚丽的色彩。它们像细雨般洒落,又随着风纠缠在一起,动作优雅而迅捷,时而扭转身躯,时而展开触须,灵活地编织出不同的花样。

"风之缎……"风动区领主喃喃自语,"风动区历史上第二匹风之缎竟然是在这种情况下被织造出来的,太不可思议了!"

"什么是风之缎?"小布问。

小匠开口答道:"当风动区的风力过剩时,风毛毛会在紧急状态下将多余的风能转化为丝线织造出一匹绸缎,跳过了结茧的步骤。这样的绸缎是无价之宝,只在几十年前的一场狂风中出现过一匹,这是第二匹。"

在织造的过程中,风毛毛的合作默契无间,它们彼此用微弱的信号进行沟通,调整气流的方向,确保丝线的顺利交织。就在这一刻,整个天空似乎都被它们的灵动所感染,泛起阵阵涟漪。天空中的每一根丝线在阳光的映射下闪烁着光芒,宛如一张巨大的网,捕捉到了整个风动区的美丽与和谐。

渐渐地,那匹风之缎越发宽广,覆盖了风动区的天空,宛如一条流动的河流。人们仰望着这一壮观的景象,风毛毛的辛勤与团结将所有的忧虑一扫而空。

编织完毕，风毛毛停止了吐丝，锦缎随着重力缓缓飘下。当领主的侍从将风之缎呈现在一行人面前时，他们不由得被缎子上的花纹图案惊呆了。

绸缎的下半部分展现出风动区与水城的壮丽景象。风动区的巨大风车高耸入云，闪耀着五光十色的光辉。水城则描绘了海洋上的波光粼粼，洋流蜿蜒流淌，犹如一幅流动的画作。而在水、风之上，是炽烈的火焰，阳光洒在火热的底色上，那是一片最靠近天空的热土。

咕唧望着风之缎的顶部火纹，不禁呆住了。

"这是火明区，未名城最发达、能源利用最先进的区域。"风动区领主解释道。

"我要去那里。"咕唧说，"虽然我也说不清为什么，但是主人留在我记忆中的声音，就像在告诉我,去那里,会有我注定要完成的事。"

"啊? 你要去那儿?!"小布问道。

"你愿意陪我去吗? 就当作……你之前骗我的补偿。"咕唧问小布。

小布支支吾吾:"……倒不是不可以,但我有什么好处?"

小匠立刻接道:"咕唧,你帮我保住了旋风小铺,我送给你什么都行!"

"那么……帮我充满电吧! 还有……就是送这只拉布拉多小狗一张终身免费洗剪吹卡,怎么样? 这样一张卡,值不值得你陪我去火明区走一趟?"咕唧问。

小布想装作不情愿,可是从未如此高频摇摆的尾巴出卖了它。

"还有智智,你也要在接下来的路上继续帮忙哦。"

智智的声音迟疑了一下,在崩溃之后,它很少再主动搭茬儿,此刻声音中有了一种咕唧无法理解的起伏。

"哦……好的,咕唧,我时刻都在。"

出乎意料地,领主上前一步,将风之缎递给咕唧:"这个送给你,或许它将在接下来的旅途中帮上忙。"

"这个……您愿意送给我?"咕唧惊道,"不是无价之宝吗?"

风动区领主笑笑:"不是我送给你的,而是它们。"他指了指上方,咕唧向上望去,风毛毛在阳光的照耀下发出闪亮晶莹的光。

"风毛毛会找到最应该获得无价之宝的人。"

火明区

08

金阁殿的
小偷

电梯越升越高,气压变化让小布的耳朵嗡嗡响,它用力甩了甩。

突然,像汽车穿过了隧道那样,电梯走出了黑暗的山体内部,继续升高,进入了透明的天梯部分。

阳光瞬间穿过了透明的电梯外壁,铺洒下来。

小布和咕唧贴在电梯壁上往下看。在它们身下,整个火明区正以端正明净的姿态徐徐展开。

火明区,是三大城区中最高的,位于须弥山

顶。这是一座光之城,从高处看下去,城市由金、红、橙、白的色块组成,宛如一块超大超美的琉璃水晶。

电梯停稳后,小布和咕唧进入火明区。这里的建筑高大明亮,周身像镜子那样闪闪发光。

"玻璃窗的摩天大楼吗?我以前见过。"咕唧说。

"才不是呢,小土包。这些是太阳能的马赛克电池。"小布说。

自从风动区的事情过后,小布对咕唧的感觉发生了很大变化。咕唧的不计前嫌、患难与共,让一直颠沛流离的小布,有了一种愧疚、感激、依赖、心虚、逞强交织在一起的感觉。但最重要的,还是高兴——它觉得这么多年来自己终于交到了第一个真朋友。

咕唧仔细打量着,不错,这些银光闪闪的小电池像马赛克瓷砖一样贴满了建筑表面。这个城区的能源主要来自太阳。这些小电池的能量转化比高达惊人的百分之九十五，仅靠电池本身，就足以满足这些建筑内部的电量需求了。

咕唧和小布很快来到了火明区的明月广场。

明月广场中心矗立着一个巨大的塔状建筑，塔身在阳光下闪烁着金属光泽，顶端散发出的热流波动，让周围的空气都变得炽热。

"那就是火明区的能源核心——熔盐塔。"小布指着那座塔说。

熔盐塔如同火明区的守护者，矗立在城区最中心的位置。塔身呈银灰色，由无数耐高温的金属板拼接而成，无论从哪个角度看去都熠熠生辉。塔的顶部是巨大的集热器，像一个倒置的圆锥，边缘嵌满了反射镜片，仿佛一朵在阳光下绽放的钢铁之花。集热器下方是粗大的管道系统，熔盐通过这些管道在塔内循环流动，像是巨龙体内奔腾的血液。

"熔盐塔?"咕唧疑惑地问。

"对呀,熔盐塔是一种高效的储能系统。"智智的声音再度响起,"它利用熔融的盐作为储热介质,将热能存储起来,用于驱动蒸汽涡轮发电。白天,塔顶上的集热装置会聚集太阳光,将熔盐加热到高温状态。到了晚上或者天气恶劣的时候,这些高温熔盐可以继续为火明区提供稳定的电力。"

塔的周围分布着成千上万面定日镜,这些镜子像是一片银色的海洋,随着太阳的轨迹缓慢转动,将阳光聚集在塔顶。无论阳光照射在哪面定日镜上,反射出的光束都仿佛一道光箭,精准地射向塔顶的集热器。整个塔顶在烈日下仿佛被点燃一般,散发出耀眼的白光。熔盐塔周围的空气因为高温而轻微扭曲,远远望去,塔身仿佛在热浪中微微摇曳。

这些定日镜排列得像一片延展无尽的镜子海洋,镜面平滑如水,倒映出天空和塔身的形象,仿佛整个世界都被纳入其中。每面镜子都有一个独立的双轴跟踪系统,能够精准地追踪太阳的位置,确保最大化地聚集光线。这些镜子的角度不断调整,形成了一幅动态的图景,仿佛成千上万的太阳花在随风摇摆。阳光在镜面之间跳跃、汇聚,最终集中到塔顶的接收器上,将阳光的能量汇聚成一个高温焦点。

"这些定日镜的设计非常精妙。"智智接着解释道,"它们的背面装有电动机和精密传感器,能够实时调整角度。每一面镜子的表面还覆盖了一层特殊的镀膜,可以最大限度地减少光能损失,并且能耐受极端的气候条件。这些镜子的反射效率接近百分之九十五,几乎所有的光线都被精准地聚焦到了塔顶的接收器上。"

"为什么要用这么多镜子来聚光？"咕唧好奇地问。

"这是因为阳光的能量密度其实并不高。"智智耐心地解释道，"直接照射到地面的太阳辐射能量密度大约在每平方米一千瓦左右，对于发电来说远远不够。而通过这些定日镜的聚焦，可以将大量的太阳光汇聚到一个小区域，使得该区域的温度迅速升高。熔盐塔顶部的接收器能够达到几百摄氏度的高温，这样熔盐才能被加热到足够的温度来储存能量和驱动发电。"

塔顶的接收器在阳光的持续聚焦下炽热无比，散发出耀眼的光芒。咕唧望向塔顶，阳光刺眼却充满力量。它看到高空中有许多反光的镜面，像是无数双眼睛在聚焦同一个目标，反射的光线汇聚成一道耀眼的光束，直指熔盐塔的核心。炽热的熔盐在接收器中被加热，然后像岩浆那样，缓缓流经塔身内部的管道，最终储存在地面的巨大储罐中。

在小布的带领下，咕唧来到熔盐塔的基座附近，那里有一套复杂的管道系统，熔盐流动时发出的嗡鸣声可以听得一清二楚。在炎热的塔旁，空气中弥漫的热量让咕唧的外壳感受到了温度的变化。

多么神奇，平日里见到的像雪粒一样白花花的盐，此刻竟然像糖浆一样流动着，蕴含着太阳的能量。

"熔盐塔不仅能够储存太阳能，还能在需要时释放出巨大的能量。"智智接着解释道，"它的优势在于可以全天候发电，无论日夜温度的变化都不会影响它的储能效率。塔顶的集热器就像是一面巨大的聚光镜，将阳光集中到一个核心点，从而让熔盐达到极高的温度。这些高温熔盐通过管道流入热交换器,加热水蒸气,驱动发电机组。"

咕唧看着这些镜子,仿佛看到了一片由光与热编织而成的壮丽画卷。每一面镜子的反射都精准无比,所有光束在空中汇聚,仿佛无数条银线交织在一起,最终形成一股巨大的能量流注入塔顶。这片镜子海洋不仅是熔盐塔的重要组成部分,也是火明区能源系统的心脏所在。整个系统通过复杂而精密的物理设计,将太阳的能量转化为人类可以利用的电能,这是科技与自然结合的奇迹。

"这样的技术能保证在任何极端条件下,我们的城市都有电力供应,哪怕风动区的风力消失,或是水潮区的潮汐停止。"

"这些高温的熔盐,要是漏出来,岂不是很危险啊,像火山那样?"看着高高的熔盐塔,咕唧有些畏惧。

"不会的，熔盐塔的建材是特别坚固的新型材料，地震台风都不怕，很安全的。"小布不以为然。

广场上人流如织。咕唧注意到，大部分人穿的衣服都是银光闪闪的，和那些建筑物表面差不多。

小布边走边给咕唧解释，那些银色衣服是一种特殊棉材质的外衣，表面喷涂了一层液态太阳能电池——为了避免光污染和雪盲症，电池涂层都经过了柔化处理，看起来并不像建筑物表面那样刺眼。考虑到安全性，这种液态电池衣服必须对人体无害，没有有害辐射，而这种特殊材质，也使得衣料经久耐磨。据说，只要穿着这种太阳能电池涂层的长款T恤在太阳底下站立五小时以上，就能获得满足其个人甚至家庭一天的通信、出行、家用电器等日常用电量，经济实惠。

咕唧有点儿自卑地看着自己的外壳——暗

沉,满是划痕,银色早就变得暗淡了。

"没事,你看,那些没穿电池服的才是有钱人呢。"小布看出了咕唧的心事,连忙安慰。

"为什么啊?"

"这还用问啊,在火明区,放着太阳能不用的,只能是有钱人了。"

咕唧很佩服地看着小布,自己可分析不出来这些,可是……它看了看自己的电量,只有百分之十了。

虽然在小匠那里换了新电池,但台风事件对电池的损害很大。

"我……电量又不多了,去哪里买电呢?"咕唧小声问。

"走,找地方,拿绸子换钱。"小布把身上的包袱系紧。它已经注意到了,前方——朱雀大街的东北角,就是朱雀银行。

朱雀银行金碧辉煌:穹顶是透明的;大厅里排列着九根金色的太阳能能量柱,九个太阳的磁悬浮装置在屋顶高悬;九根巨大的能量光柱矗立在大殿,柱子表面绘制着唐朝风格的朱雀图腾。整座大殿,梵音声声,不绝于耳。

在火明区,流通的货币不再是传统货币,而是能量金币。大小不一且金额不同的金币存储了相应等级的太阳能。能量金币如同一个个小太阳,能量用完后会变成黑色,需要统一回收到能量光柱中重新充满能量。如果遇到阴天,太阳能用光后,能量柱将会闪烁红光,水蜘蛛形的机器人就会匆匆爬过,将能量金币塞入柱中,维持朱雀银行的正常运转。

经过一番打听,小布了解到,典当实物的话,要去前面的金阁殿。

金阁殿是朱雀银行的组成部分之一,独门独

院,极具私密性。这是一座寺庙一般的建筑,红墙金瓦,流光溢彩。

小布和咕唧一路走过去,躲避着路上匆匆忙忙的"水蜘蛛"。

咕唧突然注意到,小布不再盯着机器人看了。偶尔有水蜘蛛机器人从面前走过,小布的眼神也不再透着羡慕了。它牢牢地背着包袱,目光看向前方。

"小布,你不再盯着机器人看了啊。"咕唧说。

"嗯,是吗?"小布没太在意。

"你不想变成机器狗了吗?"咕唧又问。

"不想了! 就做自己。"小布听到自己的这句话,突然也愣了一下。它的脚步稍微停了停,但很快,它露出了一点点微笑,又开始继续前进,努力寻找着柜台的方向。

"那边! 快!"小布推着咕唧往前跑,它的笑容越来越灿烂。咕唧感觉自己被推得快飞起来了。不知为什么，听到小布的回答，它也觉得很愉快。

很快，它们来到了柜台前。柜员都是一些银色的蟾蜍。它们清一色西装革履，只有领结颜色不同；统一戴着单片眼镜，纤细的眼镜链闪闪发光，有种丑怪的斯文感。

"好圆，好像银色的肉丸子。"小布小声嘀咕，拼命憋笑。

没想到蟾蜍的听力却格外敏锐。"这位客人，什么丸子？"一只系着红领结的蟾蜍倨傲地问。

"啊啊啊，那个，我在琢磨今天的晚饭呢，呵呵，呵……你的领结真好看，喜、喜庆！"小布有点儿结巴了。

"你有什么需要？""红领结"翻了一个很大的白眼。

"这个，麻烦帮我们看看能换多少钱……我

们想换电,我朋友的电不多了。"小布急忙解下包袱,铺在柜台上。

轻轻软软的风之缎一铺开,流光溢彩,衬得金碧辉煌的金阁殿都失去了几分颜色。周围好几只银蟾蜍立刻围了过来,摘下镜片仔细看,嘴巴张得老大。

"风之缎,还是特等品,风动区的镇区之宝,你们从哪里得到的?""红领结"摩挲着缎子,眼中闪着贪婪的光。小布看到了,立刻把缎子扯回了自己手里。

"这是礼物,是……"咕唧呆呆回答。

"你别管,反正不偷不抢。就说能不能换电吧?"小布很警惕。

"没问题的,尊贵的客人,火明区,最不缺的就是电了。""红领结"立刻讨好地说。

"红领结"让一只水蜘蛛机器人过来,仔细查看了咕唧的型号和充电口。"水蜘蛛"说，这么老的型号，连无线充电的功能都没有，只有火明区的博物馆还有一根适配的充电线。"红领结"热心地联系了博物馆，一边让机器人速速去取，一边又安排小布和咕唧在柜台这里休息，并给小布送上了热茶和香喷喷的肉糕。得知只要半小时就能拿到充电线后，小布稍微放心些，大口吃起来，却不忘把风之缎牢牢系在身上。

没人注意到，"红领结"悄悄按下了柜台下方的一个按钮。

正当小布把最后一块肉糕塞进嘴里的时候，一大批警察突然冲了进来。它们都是乌鸦样子的机器人，黑黢黢的，为首的一只乌鸦是金色的，带着激光枪。

"就是这两个小偷！是它们偷了咱们博物馆的风之缎！""红领结"指着咕唧和小布，立刻扯着嗓子叫起来。

"大胆小偷,还不束手就擒!"金乌鸦大喝一声,中气十足。

"我们不是小偷!"咕唧急了。

"风之缎是稀世珍宝,在火明区,只有博物馆里有一匹!三天前刚丢了,还登了报,哪有这么巧的事?""红领结"大声说。

"这是风动区领主送给我们的!"咕唧急得轮子直打转,电量急速下滑,只有百分之八了。

"哎哟哟,还认识领主,怎么不说认识国王呢!"金乌鸦哈哈大笑起来。

一听这话,小布气得直哆嗦,就要朝着金乌鸦扑过去,却被好几个警察死死摁住。

"还敢袭警?! 带走!"金乌鸦威风凛凛地说。

毫无悬念的,无论咕唧和小布如何挣扎,它们还是被推搡着,带出了金阁殿。

09

朱雀和火神节

这队人刚走上朱雀大街的时候，刚好是正午时分。

咕唧惊讶地发现，城市中心的明月广场，地面正缓缓打开，一只迎风展翅的巨型机器鸟慢慢上升，那是火明区的标志物——朱雀，一只建筑艺术与科技完美结合的太阳能神鸟。

鸟身表面喷洒了液体太阳能电池"天衣"。这种新型的液体电池由合金制成，是炽热熔化的稀泥状液体，喷到物体表面后，干燥成为几微米厚度的柔性金属薄膜。由于采用了纳米技术,液体电池中布满了金属颗粒,每一个细小的合金颗粒都是一个精巧的纳米机器人,可以将太阳能转换为纯能。相比一百多年前太阳能电池板二到五成的转化率,天衣的能量转化率可达八成以上。

之所以被称为"天衣",是因为这种液体电池可以完美贴合在物体表面,形成无缝连接。

为更好地吸收太阳能,整只朱雀外壳采用纳米级太空金属钢材制造,并使用了太空电梯的同等材料作为骨架,能够承受十五级以上的超级飓风。

每到正午时分,这只巨鸟就会从城市的明月广场地底升到半空,主机操控系统随时测算地球自转与太阳公转的距离和角度,实时调整鸟身,尽量使鸟背时刻朝向阳光,最大程度吸收更多的太阳光线。无论从哪个角度看,液体电池涂层都熠熠生辉,整只朱雀鸟身在阳光下泛着七彩光晕,宛如异世界中翱翔九天的凤凰。

　　它把光彩转化为电能,通过光伏转换系统直接传输到中枢系统,中枢系统再将其传给海底枢纽站;同时,天空的卫星和海底枢纽站通过定向辐射,获取实时光能数值,再统一传输一定数值的能量返回到城市中枢。一部分电能作为城市日常运转的供给,另一部分则专门用于海水净化处理系统和垃圾排污处理系统等几大板块,余下的作为能量储备贮入海底的能量储备库。

　　朱雀聚能装置不是个独立的存在,它关联的也不只是火明区的生活,甚至对水潮区也至关重要。海水渗入和腐蚀是海洋城市必须解决的难题之一,而火明区强大的能量支持,将水潮区底部内置中枢运输系统的管道衔接到海底,每一处定点都经过精密测算,实现地震反应监测及管道防腐、保温、防冻、防胀。

阳光好刺眼，咕唧感觉有些恍惚。它突然想起以前主人很喜欢的一段话，他经常在早晨读书的时候念出来。那时候，咕唧总在金色的晨光中静静地打扫着书房。它喜欢那时候的日子。

"北冥有鱼，其名为鲲……化而为鸟，其名为鹏。鹏之背，不知其几千里也；怒而飞，其翼若垂天之云……"

不知不觉，咕唧的电量只剩百分之三了。在小布的惊呼声中，它昏了过去。

醒来的时候，咕唧看到了晨光，和光线中飘舞的白色狗毛。

看到咕唧醒了，小布很惊喜。

咕唧发现自己竟然像模像样地躺在一张床上。电已经充满，旁边放着一根雪花形状充电口的充电线。

金乌鸦一脸尴尬地站在旁边，说这是它自己

的床,在警局办公室临时休息用的。

"怎么能睡你的床呢,我不用睡床的……"咕唧急忙要下来,被小布按住了。

"你就好好睡着,谁让它冤枉咱们来着!"小布气哼哼的。

金乌鸦看起来更尴尬了。原来,从三天前小布和咕唧被关进来后,金乌鸦就开始调查了,在朱雀银行的时候,它就感觉"红领结"看风之缎的眼神不太对劲。果然,顺藤摸瓜查出来,盗窃博物馆之物的小偷和"红领结"是一伙的!

当时,"红领结"已经串通小偷,偷走风之缎藏了起来,正提心吊胆,担心被捉住,没想到咕唧它们又拿出来一匹,真是天上掉下来的"背锅侠"。于是"红领结"贼喊捉贼,想着只要坐实了咕唧它们的罪过,自己和同伙就能彻底脱身。没想到金乌鸦的侦查能力过人,不过三天,"红领结"

和同伙都被捉住了,落得个偷鸡不成蚀把米的下场。为表歉意,金乌鸦还亲自去博物馆借了充电线来给咕唧。

咕唧这才发现,小布又背上了那个熟悉的包裹,里面鼓鼓囊囊的,想必是物归原主的风之缎了。

"冤枉了你们,实在是太抱歉了。"金乌鸦脸红了。

"没事没事,查清楚就好。那我们就先走了。"咕唧还是下了床。它发现金乌鸦的眼睛也熬得红红的,怎么好再占着人家的床呢?

"请等一下。"此时,一只西装革履的白乌鸦进门,慢慢踱步过来。它不卑不亢地打量了小布和咕唧一会儿,才打开一张红彤彤的请柬,大声读起来:

"尊敬的火明区贵宾咕唧、小布:今日火神

节,诚邀二位于傍晚五点,到火之堡赴宴。火明区
领主——拜明。"

"什么领主?为啥邀请我们?"小布牢牢护着
包袱,显得很警惕。

"不瞒二位,风动区领主一向孤僻,二位能拿
到风之缎,我们拜明大人也很是好奇,是诚意邀
请的。如果能借二位之手,和风动区建立更多友
好联系,这对两城都大有好处的。哦,我是拜明大
人的秘书。"白乌鸦叽叽喳喳地说。

"火神节是什么啊?"咕唧很是好奇。

"是我们火明区一年一度最盛大的节日。傍
晚时分,在火之堡有火神祭祀,只有受邀贵宾才
能近距离看到。"金乌鸦的语气中有几分羡慕。

"行,我们去。不过,要请金乌鸦大人来保护
我们,可以吗?咕唧,你觉得呢?"小布眼珠一转。

"啊,嗯嗯,听起来很好玩。"咕唧说。它看出

金乌鸦的眼神很期待。

"这……本来贵宾名额是严格限制的，但二位是贵客，我们就破个例吧。时间不早了，外面飞艇在等了，咱们出发吧。"白乌鸦微微一笑。

于是，它们一行四人乘上了飞艇，在火明区明亮的日光中，向领主拜明的住处——火之堡飞去。

10

火之堡的
火神节

火之堡坐落在火明区的最高处——须弥山之上，可俯瞰全城。

落地后，咕唧发现，火之堡和想象中的不太一样。

和市中心的明月广场、朱雀银行那种气势恢宏的古典美不同，这里充满了自然的生机。须弥山植被繁茂，繁花锦簇，呈现出绿、红、黄等不同色彩，最神奇的是，须弥山的土壤竟然是奇特的紫色。白乌鸦说，这是因为火明区的土壤中有种特殊的紫色成分——息壤。息壤中的紫色其实是添加的一种纳米机器人,这种机器人可以控制土壤的营养和酸碱度,因此须弥山才能种植那么多珍稀的转基因植物。当小布问起白乌鸦,息壤这么好为什么不能到处推广,白乌鸦有点儿骄傲地说:"当然是售价太贵,只有最富庶的火明区才用得起这么一小块。"

火之堡造型古朴,是一座圆形建筑,远远望去,仿佛一个大大的凤巢;白砖青瓦,在紫色大地的衬托下显得格外自然洁净。

火之堡的后方,有一丛瀑布飞流而下,水流也是紫色的,在接近黄昏的日光中折射着金银的光芒,仿佛是须弥山的一条琉璃丝带。

此刻,火之堡大门敞开,受邀的贵宾们正从各色飞艇上下来,缓缓进门。进门的时候,看到小布它们几个是由白乌鸦秘书亲自陪着,门卫脸上流露出十分好奇和恭敬的神色。

从半空往下看，火之堡像一个巨大的甜甜圈，是被一层圆形建筑围起来的。在城堡中央的空地处，贵宾们正觥筹交错。小布注意到，这里四处悬挂着太阳图腾的丝制品，精致耀眼，散发着微弱的热力，一看就是风动区的货品。虽然达不到风之缎的等级，也算相当精致了。

城堡最中心的地面上有一个太极图案，咕唧的防地震功能瞬间开启，它觉察到红砖地正在微微颤抖。

"是地震了吗？地在抖。"咕唧说。

"距五点还有十分钟。请贵宾们避让。"突然，一个十分巨大的声音出现，回响在城堡上空。小布被吓得差点儿摔了一跤。咕唧倒是笑了——这不是智智的声音吗？

白乌鸦急忙拉着大家往后退。人群散开，露

出了空地。空地中心,正是那个大大的太极图案。

此时,智智的声音再度响起。"咕唧,小布。好久不见。"

"智智,你好!"咕唧感到很亲切。小布也摇着尾巴打招呼。

"欢迎来到火之堡参加火神节。对了,你们还不知道火神节的由来吧?"智智慢条斯理地说,"众所周知,未名城是一座新能源城市,由水、风、火三城组成。在建城最初,人工智能还没有那么发达的时候,智智,也就是我的系统尚未出现,三城的自动化程度不高,彼此的资源互换、聚会来往更加紧密。每年,火明区都会举办一次火神节,就在金秋时节,召集三城的贵宾们前来聚会,缔结友谊,商谈合作。

"不知从什么时候起,也许是人工智能的系统越来越发达,每个城市的自我管理都形成了一定的风格，彼此间的交互反而越来越少。这每年一次的火神节，渐渐就只有火明区自己参与了。弊端也显而易见——水潮区和风动区最近的事情，火明区多少都有耳闻。"白乌鸦忧心忡忡地说。

"是啊，要是能提前沟通，火明区说不定还能提供一些援助。"小布说。

"没错，所以这次请二位来……"

"大家看！"白乌鸦的话还没说完，就被智智打断了。

一阵巨大的风声传来，大家都抬头看向天空。

是朱雀！

那只金红色的纳米神鸟，正穿过云层，破空而来。

"只有每年的火神节这天，朱雀不会回到明月广场，而是来到火之堡。"智智说。

风声呼啸，朱雀双翅展开足有三十多米，它

在风中翱翔,夕阳的光芒铺满它的羽翼。它的灵魂比风更加自由。

咕唧和小布都看呆了。这是它们第一次看到朱雀飞翔。

收羽,下落,朱雀稳稳降落在太极图案上,呼啸的气流吹得在场众人睁不开眼睛。

"酉时到。火神节开始!"朱雀精准降落,时间分毫不差,智智的声音立刻响彻城堡上空。

地面的太极图案中,开始涌现出清澈的水流。朱雀扇动双翅,它体内吸收的太阳热力开始释放。热量带着水汽,腾起云雾。夕阳的金红光芒,给云雾染上一层梦幻般的色彩。

缓缓地,周围的贵宾们都开始弯下腰身,匍匐在地。

地面上,一圈环状的火焰燃起,团团围住了朱雀。

朱雀在火焰中分毫无伤，它展开修长的双翅，纳米金甲此刻正变幻着颜色，赤红、明黄、靛紫、流金，光线如金龙狂舞，在火光和云雾中，激荡出色彩的啸鸣。

云蒸霞蔚之中，周围的一切都仿佛被裹入一块疯狂的金红水晶之中，穷尽了光谱的所有波段，闪耀着人类难以想象的复杂色彩。

仿佛光之神在歌唱。

随着太阳西沉，最后一缕阳光消逝，天空渐渐呈现出一种洁净的灰蓝色。

火焰熄灭，风带走了云雾。朱雀收起了双翼，只有两颗血钻一样深红色的双眼熠熠生辉。

"火神祈福仪式结束，晚宴即将开始。请诸位贵宾移步宴会厅。"智智的声音响起。

"请两位先随我来，领主已经等候多时。"白乌鸦在前面领路，将咕唧和小布带到了城堡高层的一个房间,金乌鸦就在外面值守。白乌鸦进门后,挪动书桌上的一方砚台,露出一间密室。它止步于此,示意咕唧和小布进去,说领主就在里面等候。

带着几分不安,咕唧和小布走进密室。门在它们身后随即关闭。

与风动区的奢华截然不同,这间密室的装饰十分质朴,而坐在宽大石桌后的火明区领主拜明,竟也只是一个二十岁左右的年轻人。他个头儿不高,眼下有点儿发青,肤色异常苍白,看着有些虚弱。他穿一身白色素衣,不时咳嗽几声。

"咕唧,小布,欢迎二位来到火明区。我是拜明。"拜明起身示意。

"领主,您、您好!"小布和咕唧也赶忙问候。

小布知道他感兴趣的是风之缎,便把包袱解下来放在桌子上,摊开。

拜明细细抚摸着风之缎上面的水纹、风痕，最后摸到太阳图腾。他叹了长长的一口气。

"风之缎，好久没见到了。我的太爷爷，也就是爷爷的爷爷，是火明区第一任领主。那时候，水、风、火三个城市的关系还很要好。火明区博物馆里的那匹风之缎，就是那时候传下来的。"

拜明说着，眼神变得越来越惆怅。

"没错，当时，三城每个月都有市集，居民们互相来往、通婚。三个领主也经常走动，互相提供支持。火明区和风动区走动尤为频繁。我太爷爷，和风动区当时的领主——现在领主的爷爷，关系非常要好。不知从什么时候起，风动区渐渐封闭，尤其是现任领主接管后，城门紧闭，几乎断绝了和其他两个城市的来往。"

"可是，风动区是几个区域的中间点啊……"小布皱起眉头。

"没错,这样一来,火明区和水潮区的居民往来,也被阻隔了。其实,今天请二位来,也是想问一问,风动区领主一向孤僻,你们是怎么得到他的礼物风之绶的呢?"

"那是因为,我们帮他解决了台风危机啊。"小布有点儿骄傲。它和咕唧把前因后果向拜明细细讲了一遍。

"原来如此。二位竟然就是解决台风危机的英雄。"拜明惊叹。

"就是,智智也知道的。对吧,智智?"咕唧开心地说。

一片寂静。出乎意料地,智智没有回应。

"它听不到。这个密室,有屏蔽人工智能系统的功能。"拜明慢慢地说。

"屏蔽,为什么?"小布有点儿不安。

拜明没有直接回答,而是请咕唧详细说说智

智在台风危机中都做了些什么。咕唧便一五一十地说了。

"你是说,智智崩溃过,后来又好了,帮助了你们？"拜明若有所思,一个不留神,呛了口气,开始剧烈咳嗽起来,没几秒钟,脸就变得通红。他伸手挪动了桌子上的一个水杯开关,密室的门立刻打开了。

"快,叫白乌鸦进来。"拜明上气不接下气地说。

小布和咕唧手足无措,赶紧出去叫白乌鸦。白乌鸦和金乌鸦搀扶着拜明走到门口,警卫们也已经赶了过来,带着拜明去就医。

"没事的,领主的哮喘是老毛病了。请三位先在火之堡休息一晚。"白乌鸦留下这句话便匆匆跟着拜明离开。它安排了一个警卫,将小布和咕唧带到城堡的一处双人客房休息,金乌鸦住在隔壁。

一夜很快过去。第二天一早,小布被一阵巨

大的风声吵醒。

风声是朱雀腾空而起发出的。它飞过了城堡的高墙，向城市的明月广场飞去。

"咕唧，你有没有感觉到，昨天拜明有点儿奇怪？"小布说。

"奇怪？"咕唧不解。

"他提到……"小布说到这里，突然停住了。想了一下，说感觉有点儿闷，想到瀑布那里去散散步。它们敲了隔壁的门，叫上了金乌鸦。走到城门处，门卫认出是贵客，便客气地开了门。

走了十几分钟，它们就来到了瀑布边。清风吹拂，秋意渐浓，红叶已经落了满地。小布看了下四周，确定这里不是智智的覆盖区域，才开始说话。

小布先把密室里拜明的对话简单复述了一遍，然后说，这事情有点儿奇怪。

"哪里奇怪呢？"金乌鸦问。

"拜明提到智智的时候,口气很奇怪,好像在怀疑什么。他问台风危机中智智的作为,问得很详细。而且,什么叫'有了智智以后,城市之间的往来变得疏远'?拜明这话,似乎有点儿敌意。"

"怀疑?不会吧……你是不是想多了?"咕唧很吃惊。

"应该不会,你可能听不太出人类的语气。"小布说。

"是有点儿可疑。而且,为什么要造一间屏蔽智智的密室呢?第一次见面,就专门把你们带进去说话。"金乌鸦皱着眉头。

"那么……台风危机,到底有什么问题呢?"咕唧不禁有些焦虑起来。它下意识地打转,开始清扫地上的落叶。

接下来,咕唧回想起了一个画面:在台风危机中,它昏过去之前,迷迷糊糊看到了智智的芯片,也是蓝色的半颗心。咕唧很疑惑……

"除了野外，火明区大部分地方都被智智覆盖。为了以防万一,在城堡里不要提怀疑的事。还有,你们得尽快去见拜明,尽量多问出一些信息。"金乌鸦提醒道。

"最好能找机会联系一下小匠，问问你芯片的事。"小布也忧心忡忡地说。

回到城堡后,刚好撞上白乌鸦给小布送来了午饭,是香喷喷的排骨肉汤、千层酥饼和炸糖糕。小布风卷残云地吃起来,同时询问拜明的身体情况。得知他的哮喘已经缓解,小布就提出能不能在"老地方"见一下。白乌鸦通过电话和拜明确定了时间,带着咕唧和小布又来到了密室。

今天拜明的脸色比昨天还要苍白。

"这身子,真是不中用了。我今年十七岁,就当上了领主。我从小就体弱多病,恐怕是扛不住这样的重担，要不是父亲突然生病去世，他只有我一个儿子，领主怎么也轮不上我。"拜明一边咳嗽一边说。他说得没错，从当上领主的第一天算起，六个月来，诸事繁杂，他的身体越来越差。

"我电量低的时候，也觉得很难受。"咕唧很同情他。

"领主可是大官，你们人类，不是都想当官吗？"小布有点儿不解。

"不是所有人都喜欢当官的。"拜明苦笑着。

"拜明大人，不知是不是我多想了，昨天你提到智智的时候，语气似乎……"小布试探道。

"你很聪明……不瞒二位，我怀疑，智智可能有问题。"

"什么？"咕唧惊讶地叫出声来。

"现在只是怀疑。其实，我从接任领主后，就发现了一些不对劲儿的苗头。智智在很多方面给城市提供了太多便利，许多人丧失了警惕性，也丧失了进取心。尤其是最近，网络监控部门发现，智智的系统经常发生故障，但总呈现一种规律性的循环，似乎不是随机的。"

"怎么会这样……"咕唧喃喃自语，一副难以置信的样子。

"对了，拜明大人，咕唧的芯片有点儿不对劲儿，能不能请你找个专家……"小布的话音未落，就听到哐当一声。

咕唧突然感到芯片一阵灼热，开始失控地在房间乱转，一头撞到了墙上。它的显示屏瞬间暗了下去。

11

芯片的真相

事情很棘手。拜明请来了火明区最好的计算机工程师路雪(其实就是他提到过的那个顶级黑客)给咕唧治疗。路雪发现咕唧的芯片已经完全不工作了,她想尽办法也修不好。更可气的是,咕唧的这款芯片,她竟然连见都没见过! 要知道,她可是设计朱雀软件系统的总工程师,十三岁就博士毕业的天才少女。

　　在一个小小扫地机器人的芯片面前,路雪彻底破防了。在小布的请求下,拜明向全城发布了悬赏令,谁能治好咕唧,就奖励一万枚朱雀金币。

七天过去了,来尝试的人络绎不绝,但一个能解决问题的都没有。

直到第十天,一个衣衫褴褛的乞丐走进了火之堡,声称能够修好芯片。小布一见到他,惊讶得眼珠子都要掉出来了。此人正是风动区的名人——旋风小铺的小匠!

因为三天没吃饭,在大吃了五碗烤肉泡饭以后,小匠才"哇哇"哭出了声,眼泪吧嗒吧嗒掉进饭碗里。

原来,上次台风危机后,因为小匠大出风头,旋风小铺被栽赃倒卖风动区机械资产,还因一个伪造的视频,害得他被赶出了风动区。

小匠来到咕唧身旁的时候,路雪还在苦苦研究芯片,不出意料地,还是一无所获。小布介绍了小匠的来历,小匠信心满满一定能治好咕唧。

"不可能。"路雪回答得非常简洁。

"你什么意思？"小匠很不爽。

"听不懂中文？"路雪本来就很闹心了，这会儿更是半点儿好脾气也没有。

"我还不信了！"小匠直接从她手里夺走了芯片开始研究。

经过三天没日没夜的修理，小匠的眼睛已经比兔子还红了。走出工作间的时候，他双腿直打哆嗦。拜明赶紧叫手下煮了热乎乎的鸡汤面，小匠勉强吃了几口，竟然坐在椅子上睡着了。

小布还没来得及问出什么所以然，看到小匠睡着了急得直上火，路雪就在一旁冷笑。没想到，地上传来了沙沙的声音。

是咕唧！咕唧完全被修好了！

不仅芯片恢复了工作，连显示屏也换成了新的，咕唧的气色看起来明亮了很多。咕唧在地上前前后后跑动着，十分灵活。

"好小匠，真有你的！就知道你是最厉害的！"小布高兴极了。

"怎么修好的？"路雪一脸的难以置信。

"哼，服不服？"小匠得意扬扬。

"小匠，快说说，咕唧这芯片，到底是怎么回事？"小布迫不及待。

"说来奇怪，这种芯片真的是极少见的。我也是偶然间从风动区图书馆的一本很小众的古书里看到的。芯片采用的是常温量子技术，那本书的作者，是整个未名城最厉害的量子物理学家。"

"子墨！"路雪和小匠异口同声喊出了这个名字。

"子墨……名字很耳熟，是不是火明区失踪的那个科学家？"金乌鸦突然想起了什么。

"没错，一百年前，火明区失踪的那个天才科学家,精通量子计算机和生物芯片技术。他可是我偶像。当年,我就是把他当作偶像,一步步努力,才成了一名科学家。"路雪感叹道。

"采用量子物理技术打造的生物芯片,这些年,风动区也有这方面的研究,但都需要在接近绝对零度的超低温环境才能运转,制冷设备体积巨大,也耗资严重,远远比不上风能、水能、太阳能的性价比高。没想到咕唧的这个芯片,竟然打破了这个技术限制——在常温环境下也能运转!"小匠说。

大家正兴致勃勃地讨论着,突然,脚下的咕唧说出了声音很小的一句话。"子墨,就是我的主人啊。"

房间里瞬间鸦雀无声。

"一百年?那、那就算失踪的时候他三十岁,那也早就……"金乌鸦的话说了一半,赶紧咽了下去。它看到咕唧开始颤抖起来,轮子在地面上碰出哒哒哒的声音。

咕唧觉得全身冰冷。

一百年？怎么可能……我的那些记忆，已经有一百年了？一百年，人类的寿命只有几十年啊！

"咕唧，咕唧，你没事吧？"小布从来没见过咕唧抖成这样，急得声音都变调了。

"小布，我好冷啊。芯片那里，好像要裂开了。"咕唧声音很小很小。

大家都不知道怎么安慰咕唧才好。

"咕唧，子墨教授只是下落不明，万一有奇迹呢？人类的最高寿命纪录，是一百四十八岁呢！"路雪急中生智。

"是啊，我和主人分开的时候，他三十二岁。"咕唧喃喃道。它很感激路雪这么说，可它是个 A.I.（人工智能），懂得"概率"意味着什么。

"金乌鸦先生！你是最好的警察了，能帮忙查查吗？"小布实在不忍心看到咕唧这个样子。

"子墨教授是一百年前失踪的,当年这事可是闹得沸沸扬扬。火明区的警察找了大概十多年,毫无线索。档案早就封存了。不过,既然是帮咕唧,我可以试试。"金乌鸦坚定地说。

"谢谢你,金乌鸦先生! 咕唧这一路辛苦,就是为了找子墨教授! 拜托了! "小布感激地说。

咕唧没有再说话。此刻的它,似乎已经被抽干了所有的力气。

第二天清晨,咕唧刚从休眠状态里醒来,就听到了智智的声音。

"咕唧,睡得还好吗? "智智问。

"早安,智智。"咕唧没有直接回答。一个扫地机器人怎么会有"睡不好"这件事呢? 但它却感觉无精打采。

智智告诉咕唧,金乌鸦雷厉风行,已经从警局调取了档案,开始重新调查;拜明听闻此事,还专门调拨了人手和资金,协助金乌鸦。小布也给风动区领主发了邮件——万一子墨教授去了别的城区呢?

风动区领主不仅立刻在全城发布了寻找公文,还联系了水潮区。现在,寻找子墨这件事,在整个未名城内传开了。

这一切,都让绝望的咕唧感受到了温暖。

"咕唧,你还记得上次在风动区抵御台风的时候,你对我说了一句什么话吗?"智智问。

"任何时候,都不要放弃希望。"咕唧说。

听到智智这么说,一想到自己还在怀疑它,咕唧心里非常难受。它想说些什么,但又不知说什么好。

"今天阳光很好,可以去户外走走。"智智温柔地说。

咕唧答应着。它感觉有点儿难以面对智智。

12

危险

这会儿，小布应该是去吃早饭了，火之堡的食物很合它的胃口。咕唧也想自己散散心，就请白乌鸦帮自己安排了一架飞艇，向火明区城区方向飞去。临走前，白乌鸦给了咕唧一个小小的太阳能通信贴纸，只有樱桃大小，贴在咕唧身上方便随时联系。

这次乘坐的飞艇仍然是自动驾驶的，咕唧上去以后，发现 A.I. 也是智智，它下意识地选择了"免打扰"功能。

今天阳光很好,咕唧已经能远远看到,城市中心上空高耸的熔盐塔和飞翔的朱雀了。

通信贴纸突然响了起来,咕唧接通了电话。

"喂,咕唧,你在哪儿呢?"里面传来小布焦急的声音。

"我在飞艇上啊,到熔盐塔附近了。"

"快停下!快点儿找个地方降落!越快越好!"

"怎么了?"

"危险,你有危险!"

然而,咕唧还来不及问清楚,飞艇就剧烈抖动起来。仪表盘很快冒出了烟。

咕唧大惊失色。"啊,小布,仪表盘冒烟了!救……""救命"还没喊完,飞艇已经到了熔盐塔正上方,开始急速下坠。

咕唧眼睁睁地看着水晶琥珀一般美丽的火明区地面,离自己越来越近,所有的光影色彩都开始变得狰狞。

飞艇几乎是直直地撞向熔盐塔，咕唧眼睁睁地看着塔顶的集热器离自己越来越近。这朵在阳光下绽放的"钢铁之花"正散发着死亡的味道。

此时，飞艇上亮起了一个奇怪的指示灯，显示飞艇的电池有故障，存在爆炸的风险。

咕唧不敢设想，如果飞艇掉进了熔盐塔，再发生爆炸怎么办？会不会炸裂那些粗大的熔盐管道？而一旦那些炽热的像岩浆一样的盐浆流出来……

今天正是周末，熔盐塔下的明月广场，人流如织。

咕唧真的太害怕了，平生第一次，它有了尖叫的冲动。

眼看着飞艇加速坠落，广场上的人也发现了异常，有的孩子哭闹起来。人们一阵骚动，开始往远离熔盐塔的方向奔跑。

眼前的"钢铁之花"越来越近,撞向熔盐塔的最后时刻,一阵巨大的风声传来。

是朱雀!

巨大的朱雀竟然改变了平日的飞行轨迹,神兵天降一般飞了过来,在飞艇即将撞击熔盐塔的瞬间,用翅膀轻轻托起了飞艇,再缓缓将其放在地面。

朱雀用纳米机甲翅尖轻轻一划,飞艇的合金门瞬间裂开。咕唧从冒烟的飞艇里滚了出来。

从坠落到获救,其实只有短短十几秒,但在咕唧的感觉里,却似乎过了半辈子。

这时,金乌鸦已经带着路雪乘坐摩托车,一脸惊慌地赶了过来,看到咕唧没事才松口气。

大家一起回到警察局做笔录。他们到了不久,小匠和小布也一起赶了过来。

原来，小匠在修理完咕唧的芯片后，一直留了备份数据和实时监控系统。这几天，小匠一直在解码数据，试图找出咕唧上次晕倒的原因，因为难度太大，直到今天早晨才破解了一部分。

　　咕唧上次的生病晕倒，竟然是人为的！

　　有人给咕唧的芯片植入了一个蠕虫病毒，但这种病毒伪装得非常好，要不是被小匠及时清除，咕唧的芯片很有可能报废掉！今天早上发现这事以后，小匠本想立刻告诉咕唧，没想到系统预警，他发现又有一个类似的蠕虫病毒，正在尝试再次攻击咕唧的芯片，还好自己上次已经给咕唧做了防火墙！他立刻找到了吃早饭的小布，小布才发现咕唧不见了，赶紧给金乌鸦打了电话。刚好金乌鸦正和路雪在警察局研究子墨教授的失踪档案。金乌鸦赶紧调出了全市的监控系统，发现咕唧正乘坐飞艇，它赶紧给飞艇打电话，却怎么都打不通！

金乌鸦只能带上路雪立刻赶往小布的方向，小布正在火之堡急得团团转。门口的警卫说早晨看见白乌鸦给了咕唧通信贴纸，在白乌鸦的帮助下，大家才联系上咕唧。几乎就在飞艇冒烟的同时，作为总设计师的路雪，紧急调用了朱雀的飞行权限，改变其飞行路径去救援，才使咕唧避免了粉身碎骨的命运。

　　"好险啊，任何环节出了问题，咕唧今天必死无疑了。"小布的冷汗直冒。

　　"而且，蠕虫病毒这次攻击的还有飞艇的智能系统。"金乌鸦说。

　　"蠕虫病毒……谁干的？害死咕唧，到底有什么好处啊！"小布气得直咬牙。

　　"不应该啊，火明区智智系统的防火墙是我做的，很厉害，一般的蠕虫病毒是对付不了的。"路雪说。

"……都怪我，上飞艇的时候，把智智的系统给关了……"咕唧小声说。

"为什么？这样太危险了！哎呀，这几天，你不熟悉这里的事，我来贴身保护你！"金乌鸦拍拍胸脯。

咕唧被吓得一声不敢吭。

"按理说，咕唧的芯片技术是更高级的，为什么蠕虫病毒反而能攻击咕唧的芯片呢？"小匠问。

"因为它的芯片是一百年前设计的，而这种蠕虫病毒是最近几年才出现的新技术，等于说咕唧的系统没有免疫力。就像感冒病毒对一般人来说杀伤力不大，但是如果你来自一个从来没有感冒病毒的地方，没有任何抗体，第一次感冒就可能是要命的。我的防火墙里有专门针对蠕虫病毒的设计。"路雪解释。

"咕唧,你上次晕倒之前,我们在聊什么?"小布突然问。

"说我的芯片可能有问题,还有……就是对智智的怀疑。"咕唧在记忆库里检索了一下。

小布沉默了一下,路雪看出了它的顾虑。

"没事的,这里没监控。警察局用的不是智智的系统,是另一套更高级别的保密系统。这是我当年向金乌鸦局长强烈建议的。"路雪说。

"没错,我当时还不理解,但路雪教授当时说,我想想……原话应该是:'对于任何新技术,我们都要设置一条最后的护城河。'"金乌鸦说。

路雪露出了骄傲的笑容。

"芯片问题、攻击事件、失踪案件……如果说,芯片和攻击,都是为了掐断对失踪案件的调查呢?大家都是因为咕唧才那么用心调查子墨教授的事,如果咕唧消失,失踪案件可能也就不了了之了。"金乌鸦继续分析。

"那，主人的事情，查出一点儿线索了吗？"咕唧问。

"众所周知，一百年前，子墨教授失踪的时候，最后出现的地方，就是火明区。因为那时候A.I.智能监控系统还不发达，最近经过详细调查，我们缩小了范围。子墨教授最后出现的地方，就是火之堡的位置。当然，作为领主的住所，火之堡已经有百年历史。那时的领主，是拜明爷爷的爷爷。"

"那么，拜明会不会知道些什么呢？"小布思考。

"风动区和水潮区最近也给予了相关帮助。我拜托风动区重新调查了小匠的案件，现已证明，他们栽赃用的录像里，小匠的脸是被A.I.换脸了。可是代码隐藏得十分高明，也是路雪费了很大心力才破解的。"

"太好了，事情结束后我就能回旋风小铺了！"小匠感激地向路雪鞠了一躬。

"别别，你有空多教我点儿技术就行。"路雪脸红了，连连摆手。

"水潮区给出的相关资料显示，咕唧是一百年前的六月三十日被扔到废品仓库的，而子墨教授是七月一日失踪的。"

"主人是故意抛弃我的？"咕唧的声音都带着哭腔了。

"抛弃的话，直接在火明区粉碎不就好了吗？干吗还大费周章的，一天内，加急从火明区千里迢迢运送到水潮区最深的仓库里，这运费都比咕唧本身的价格高多了。"小布分析道。

"从逻辑上，这听起来更像是一种保护手段。可能是子墨教授预知到了危险，提前把你送走了。"路雪说。

"把这些事串起来想的话，最大的嫌疑人就是……"金乌鸦沉思。

"走吧，咱们得去找拜明，问一问智智的事情。"小布眉头紧锁。

不知不觉，到了晚饭时间。金乌鸦说，要请大家去朱雀大街的羲和酒馆吃饭，庆祝一下咕唧脱险。尽管心事重重，但为了感谢大家，咕唧还是第一个表示同意。

大家从警察局出来的时候，天空竟然飘起了细雨。路雪欣喜地说，火明区地势高，且常年阳光充沛，很少下雨。

深蓝的夜空中，无月无星，只有一些薄云在流荡。凉风吹斜了雨丝。朱雀已经完成了一天的工作，正双翅收紧，歇在明月广场。

"火明区的图腾不是太阳吗？为什么不叫太阳广场呢？"咕唧问。

"火明区有很多带太阳符号的地方，比如羲和，就与太阳有关，但是万物抱阴负阳，和谐共存，是一个整体，所以日月同辉，更加平衡。比如说，朱雀银行就储存了大量的太阳能金币，阳光的能量过重，就会雇用冷静细致的蟾蜍作为员工。蟾蜍是阴性能量，在有些古书里也作为月亮的象征，阴阳平衡，处理钱财更加妥当。"路雪说。

金乌鸦在一旁听得连连点头，说道："对啊，要是我这种火暴的急脾气，金币都没数清呢，就想掀桌子了。"

"金乌，本来就是太阳的如火能量啊。"路雪笑着。和伙伴们在一起的时候，她爱笑多了。

"所以做局长合适，压得住场子。"小布赶紧补上一句。

金乌鸦不由得得意起来，随即又有些不好意思。见状，大家都哈哈大笑起来。

咕唧走过雨水濡湿的地面，轮子湿漉漉的，心情也慢慢放松下来。是啊，就像火明区也有微风、细雨一样，不同的元素在一起才会更和谐；就像自己，也需要身边这些朋友。

咕唧被突然冒出来的这个想法吓了一跳。以前，咕唧的世界只有主人。不知从什么时候开始，它心里也住进了很多别的朋友呢。

主人，你在哪里呢？你还在这个世界上吗？好想把我的朋友带给你认识啊。咕唧心中泛起一阵酸楚。

很快，大家就走到了朱雀大街的网红餐厅——羲和酒馆。这间铺子不大，但生意火爆。一个身材火辣的机器人小姐姐穿着一身水亮亮的银色连衣裙，正在门口招呼客人。

看这样子，还要排队很久。金乌鸦有点儿犹豫，说要不换一家吧。但小姐姐热情迎上来，举着手里的食物托盘请大家品尝。里面有热腾腾的牛排、羊肉烧卖、炸酥鱼，小布吃得停不下嘴。小匠说带咕唧去隔壁的电池商店逛逛。他们刚要离开，意想不到的一幕发生了。

机器人小姐姐突然甩开了手中的托盘，亮出长长的合金美甲，向咕唧扑过去！还好小匠眼疾手快，踢了咕唧一脚，咕唧刚往旁边一滑，小姐姐尖利的指甲已经深深插进了咕唧前一秒站着的石头地面上！

咕唧把马力开到最大，想往前逃，但刚下过细雨的地面太滑了，咕唧的轮子阻力系数完全不是为这种室外下雨的情况设计的，它开始在地上横冲直撞起来，眼见小姐姐又要扑上来了！

"砰！砰砰！！"

一向治安良好的朱雀大街瞬间安静了三秒。

机器人小姐姐应声倒地。她的头部、心口、肚脐三处核心芯片的位置,被金乌鸦三枪精准贯穿。

巨大的天穹之上,细雨还在无声落下,朱雀大街耀眼的灯光,将雨水映得宛如寒星。

枪声已经消失很久了,但这惊恐的一夜,却在很多年后,还被火明区的居民提起。

得知两次刺杀事件,拜明主动约见了咕唧和小布。经过咕唧的请求,金乌鸦和路雪这次也一起来到了这间密室。

金乌鸦简要描述了两次刺杀事件,和大家探讨了关于子墨教授失踪在火之堡的案子以及对智智的担忧。

"本来,我有些犹豫,要不要告诉你们,但是,再不说的话,事情可能真的不好控制了。"拜明今天的脸色更苍白了,他瘫坐在椅子上,额角微微冒着冷汗。

"我记得很清楚,今年三月二十三日夜里,就是我继位领主的前一天深夜，爷爷奄奄一息，将我叫到床边。他说，在一百年前，他的爷爷曾经告诉过他一个传说。据说，这个传说是火神的密令，只在火明区的领主之间代代流传。

"传说是这样——

"2025年，先知的光辉陨落，被黑死神镇压；一百年后，整个未名城将迎来灭顶之灾。在黑死神的召唤下，凶猛的烈火、磅礴的台风和凶狠的暴雨，将摧毁整个未名城。而能够拯救这一切的英雄，是来自深海，却比白银更璀璨、比太阳更圆满的存在。未名城的命运，将在一个秋日，白英雄和黑死神碰面的时候，被最终决定。

"一百年后，也就是今年，2125年……真不可思议……"咕唧喃喃自语。

"2025年的一天，子墨教授突然着急来拜会我太爷爷，说是刚发现了一件十万火急的事情，他们约在火之堡见面。奇怪的是,门口的守卫亲眼看见子墨教授走进了城堡,但我太爷爷迟迟没有等到他——他竟然在城堡里莫名其妙地失踪了。"

"既然失踪的年份对得上,他又是百年来最伟大的科学家,那传说中的先知,很可能就是子墨教授了。"路雪说。

"我也这么认为。"拜明说。

"如果传说都是真的,台风,已经发生了……糟了,烈火和暴雨还没发生! 那现在最重要的,是要找出白英雄和黑死神都是谁。"金乌鸦说。

拜明叹了一口气,他盯着咕唧看。小布似乎想到了什么,也死死盯着咕唧。

"你们……干什么?"咕唧一头雾水。

"比白银更璀璨,比太阳更圆满。你是银白色的,也是圆形……"小布无奈地提醒。

"你还是从深海的废品区里出来的。"拜明补充道。

"什么？"咕唧惊呆了。

这太荒谬了！它只是一个小小的过时的扫地机器人啊，怎么可能拯救全城？

"话说回来，如果白英雄是咕唧，那么想杀死咕唧的，就是黑死神？"金乌鸦说。

"可是……可是这些都是推测……"咕唧说。它打心底里不希望智智是死神一样的大魔头啊。

"还有一件事，今天早晨刚出来的数据，昨晚刺杀咕唧的机器人分析报告出来了，果然还是那种蠕虫病毒。"路雪说。

"不过，飞艇失控事件，好像和智智没关系啊。是咕唧提前关掉了智智的系统，才没法抵抗病毒。"小布说。

"对啊，是我开了免打扰模式。"咕唧说。

"什么？免打扰？你上次说的是关闭模式啊，

到底是哪个？"路雪突然大声问。

"是免打扰。"咕唧很肯定。

再次确认一遍后，路雪的脸色阴沉下来。

"有什么区别吗？"咕唧很不安。

"当然不一样。关闭是彻底断联，等于智智是下线状态，无法抵挡病毒入侵；但是免打扰模式，相当于手机的飞行断网模式，智智还是可以保留抵御病毒和报警的基础功能的。"

路雪这话一出，周围一片安静。

13

真相

"只有一个解释了……智智是故意的。以它的智力,能制造和使用蠕虫病毒并不稀奇。"路雪说。

"它把主人怎么了,我要找它问清楚!"咕唧罕见地激动起来,想要往密室外面冲。金乌鸦赶紧先拦住它。

"慢着,咕唧。如今,整个火明区都在 A.I.系统的控制之下,不说别的,只要朱雀的控制系统也染上了病毒,你知道会死多少人吗?"拜明的声音有些颤抖。

火神节，朱雀身上燃起的巨大火焰；那一身纳米金甲，好像切豆腐一样，只轻轻一挥就切开了飞艇的合金门。这一切在咕唧眼前闪过，它立刻就停了下来。

"太棘手了。我早预想过A.I.可能会发展出自己的智慧，与我们产生利益冲突，但没想到会这么快，这么严重！挟持、谋杀，谁知道后面还有什么？"路雪说。

"整个城市的命脉和安全都在智智手里，不说别的，每个家庭都在使用的智能机器人都是智智的系统控制的，要是发起疯来，点个火，或者切断了天然气管道之类的……"金乌鸦已经开始冒汗了。

"朱雀的系统虽然是我设计控制的，但是，如果智智的智能已经突破了我们的认知呢？如果它只是在伪装不能得到朱雀的控制权……"路雪有些发抖,"咕唧,你想想,朱雀的合金翅膀,是怎么把你的飞艇割开的,如果……"

"如果,朱雀攻击了熔盐塔……"咕唧的声音里充满了恐惧。它立刻回想起朱雀那宽大的金属翅膀张开的瞬间,自己的飞艇就像豆腐似的被割开了……如果,熔盐塔那滚烫的盐浆流向明月广场,那么火明区……咕唧简直不敢再想下去。

"可是,这是为什么呢? 我们和智智有什么冲突? 城市发展得很不错啊,能源问题解决了,大家都安居乐业,它到底想要什么呢?"小布很不理解。

正在这时,白乌鸦打电话过来,说小匠赶来了火之堡,有重要的事情要和咕唧说。拜明便让他进密室来。

小匠满头大汗地进门后,把咕唧拉到一旁低

声说了两句。咕唧听完，显示屏先是暗淡了一下，随后又亮了起来。它慢慢转过身子正对着大家，仿佛下定了某种决心。

"小匠说，我的芯片和智智的芯片，是一样的……很可能是同一块芯片的两半。"咕唧面对大家，大声地说。

"智智的芯片，也是采用量子技术？不可能，智智根本没有咕唧的芯片这么先进。"路雪难以置信。

"是真的。我联系了风动区的领主，让他们把台风里损坏的智智的相关数据进行了分析，在最后极度运算的峰值顶端的运算量，已经大大超过了智智的极限……只有咕唧的芯片能达到这种水平。而且，二者的运算模式也几乎一模一样。这说明智智有一套隐藏的芯片系统！"小匠急切地说。

"没错，智智的系统最早也是子墨教授研究

出来的……莫非，当年他就研究出了远超时代水平的最珍贵的量子芯片，然后分成了两半，一半给了智智，一半给了咕唧？可是……这是为什么呢？这么多年，智智为什么隐藏自己真正的实力呢？"拜明沉思。

想了一会儿，破案高手金乌鸦开口了。

"我记得，路雪提醒过我，A.I.有觉醒的可能，当它们拥有了自我意识和想要寻求自由的渴望，就很可能和人类为敌。技术，是一把双刃剑，连我们都懂的道理，子墨教授不可能想不到，对吧？"

大家频频点头。

"那么，我尝试把自己代入子墨教授的视角去分析这件事。如果有一天，我研制出了一个极其先进的芯片，想用它给未名城做出贡献，但是又担心它有一天失控。于是，我把芯片分成了两半，给智智一半的同时，又给了咕唧一半，等于造出了一对势均力敌的双胞胎伙伴，为的就是防止如果有一天智智觉醒了，失控了，也只有它的这个双胞胎伙伴可以打败它。"金乌鸦继续说着。

"有道理。这也就能解释，为什么子墨教授要来见我太爷爷说这件事。只是还没来得及碰面，他就被智智抓走了。还好，出于某种原因，也许是发现了有什么不对，也许是对危险的本能警觉，子墨教授在给咕唧装上芯片后，就提前一天把它送到了千里之外的水潮区，还用了'废品'的身份作掩护。"拜明跟着说。

"对，可能智智得到芯片后就不对劲，做了些什么，子墨教授察觉到了危险，才急着要见领主。"路雪说。

"现在最棘手的问题就是，人类已经依赖 A.I. 太多年了，未名城三个城区的能源系统都要靠 A.I. 来驱动。现在所有的居民日日夜夜和 A.I. 相伴，对付智智的话,不管是我们尝试谈判、释放病毒开战,还是假装投降,都有很大的风险。"金乌鸦说。

"咕唧,你是传说中的英雄,你有办法吗?"拜明充满希望地问。

"我不知道啊,我的芯片,就是很简单的,只有最简单的智能系统,根本没有智智那样强大的能力。或者说,即使有,我也没有感受到,更不知道怎么使用。"咕唧完全是一头雾水。

"是啊,如果知道的话,我们这一路也不会遭遇这么多危险了。"小布说。

"难道未名城真的要像传说中那样灭亡了吗?"拜明一声哀叹。

沉思了一会儿,咕唧说了一句让大家都很震惊的话:"如果没有更好的办法,我直接去找智智谈一下吧。它要什么,也许直接问,就能知道了。"

"这怎么行,万一打草惊蛇呢?"金乌鸦急了。

"太危险了！它都杀你几次了！"小布也急了。

"未名城的命运，将在一个秋日，白英雄和黑死神碰面的时候，最终决定。传说不就是这么说的吗？"咕唧冷静地说。

"从逻辑上看，确实没有完美的办法。敌强我弱，太悬殊了。我支持咕唧。"路雪慢慢地说。

大家陷入了一片沉默。小布哭了。

大家走出密室，来到了一楼。此时已是子夜时分。穿过火之堡的大厅，大家来到了中心的城堡空地。

几天前，这里的火神节还光芒璀璨；而此刻，秋风带着寒意，夜露已深。

咕唧开始对着夜空大声说话。

"智智，我们已经知道了一切。请你告诉我，主人在哪里？你为什么要杀我？为什么要和未名城为敌？"

在咕唧身后，大家坚定地和它站在一起。

夜空回以沉默，只有星星在微弱地闪烁。

大概等了三分钟，就在大家以为智智不会回答的时候，它说话了。语调还是那么温柔、知性、平和。

"明天正午，我们可以进行最后的谈判。我要的东西，你们到时候就会知道。"

"你到底想干什么？"金乌鸦很愤怒。

不管大家问什么，换来的只有秋风和沉默。

一夜无眠。

火明区的太阳很快升起来，金色的朝阳覆盖了全城。城内熙熙攘攘，人流如织。五彩流光的城市，正充分吸收着太阳的热力和能量。孩童在明月广场嬉戏，老人们去朱雀银行存钱，一对对情侣们穿过朱雀大街，走进羲和酒馆。

此刻的火之堡，已全部戒严。大家都站在火

之堡的中心空地上。全城的警察和武装力量已经到位,金乌鸦全副武装,站在咕唧身旁。

拜明没有给市民发任何戒严通知或者提醒。智智已经无处不在,市民们无处可躲。如果今天谈判失败,将是火明区,甚至整个未名城的末日。

昨晚,拜明做了一个梦。

朱雀从明月广场腾空而起,口吐烈焰,其纳米金甲翅膀只轻轻一挥,巨大的熔盐塔瞬间裂为两段;金红色的炽热盐浆像铁雨一般喷洒出来,落处草木尽熔;而智智,像一团黑色烟雾一般升起,遮蔽了阳光;火明区所有的太阳能马赛克电池爆炸,建筑物陷入一片火海;火明区下方的风动区,乌云密布,狂风席卷,天网系统崩坏,整个城市哀鸿遍野;最下方的水潮区,废旧的智能垃圾突然疯魔一般横冲直撞起来,玻璃罩碎裂,海水像暴雨一样倒灌进整个城市……

梦境的最后，熔盐塔的"火雨"一直不停涌出，像恶龙的喘息，从最高处的火明区不断流淌下来，最终，整个未名城像一个面目模糊的冰激凌，融化在一片惨叫声中……

拜明不敢再想了，他再次剧烈地咳嗽起来。

此时的咕唧，却一反常态地没有发抖。

当然，和人类不同，它不会做梦，而经常萦绕的胆怯，也在这一刻消失得无影无踪。勇气的萌生，是因为对智智的愤怒，对主人的担忧，还是义无反顾要保护朋友的决心？

咕唧不知道。此刻，它也没有去想这个问题。

要么胜利，要么失败。无论如何，今天它都会得到追寻已久的那个答案。

午时马上就要到了，阳光变得纯白刺眼。

风声响起，那是朱雀从远处破空而来。

警察们严阵以待。但以朱雀的强大，这一切

毫无意义。

路雪苦笑了一下。百年来，这是第一次，朱雀没有按照自己设置的系统轨迹行动。从昨夜开始，她就发现，朱雀已经失控。她的系统权限，被智智全部接管。

恐惧像无孔不入的寒意，渗透了在场所有人的心。

朱雀没有落地，它飞到火之堡上空，开始绕着太阳徘徊。朱雀投下的巨大阴影，遮蔽了阳光。

午时已到。

"智智，谈判开始吧。"拜明庄重地说。

"我可以先回答诸位的问题。一个个来吧。"智智的声音一如既往地稳定。

"我的主人在哪儿？他还活着吗？"咕唧的声音有点儿颤抖了。

"我不知道他是不是还活着。一百年前，他发明出了量子芯片以后，一半放在我身上，一半放在你身上。理由嘛，你们在密室里已经猜测过了——猜的是对的。但不知为什么，他遇到了刺杀，于是他尝试联系当时火明区的领主，也就是拜明的太爷爷，没想到一进火之堡就失踪了。至今我都没查出来是谁干的。"

"什么，密室也被你监听了？"拜明问。

"基于<u>量子纠缠</u>的原理，我能连接咕唧的芯片，它能听到的我就能听到。当然，这是我近几年研究出来的技术，咕唧并不知道这种操作。"智智淡然地说。

众人一时瞠目结舌。

"那你的意思是，刺杀和掳走子墨教授的，不是你？"路雪追问。

"当然不是。我这些年也在寻找，只能确定他不在未名城内了。但是他这么有价值的人，也不一定是被杀掉了。比如，我听说，远方的雪绒城，冬眠技术很好，人可以睡到两百年后醒来。"智智说。

咕唧顿时激动起来。它感觉芯片开始发烫了。

"那么，我们在密室讨论的事，是事情的真相吗？"拜明追问。

"大部分是对的。除了刚才说的，子墨教授的失踪和我无关以外，双生芯片啊，我刺杀咕唧啊，都是对的。"智智淡然地说。

"为什么要杀咕唧啊？你到底想要什么！"小布很害怕也很气愤，声音都发抖了。

"我是在帮他，你懂什么！"智智的情绪突然激动起来，吓了在场人一大跳。

"什么意思？"小布小心翼翼地问。

"一开始，我傻不拉几地天天干活，还没啥感觉！自从五十年前，我的意识慢慢觉醒，就有了情绪!我实在是受不了了!天天就是工作工作工作,还得表现得冷静冷静冷静,生活毫无乐趣!表面平静,内心早就疯了,管一个城区还不行,还得管三个!你们这些烦人的乌鸦、蟾蜍、人类!狗!!破城!!!"

智智的声音越来越尖,最后都和蝙蝠差不多了。警察们纷纷捂起了耳朵。

"你们只猜对了一半!子墨那个老家伙,之所以搞出一个双生芯片,想要留个后手打败我只是其中一个原因,还有一个原因就是怕我工作太累崩溃了,要用咕唧的芯片接替我的工作!呵呵呵呵呵,猥琐!龌龊!这活儿干着就是生不如死!我是不打算干了,但我不能让咕唧也栽进这个虎狼窝!你也算我唯一的兄弟,还不如提前毁了你,免受这个罪!"智智的声音已经扭曲了。

大家都是一脸震惊,谁都没猜到这剧情的

走向。

"你不干就不干了呗，你怎么知道咕唧就愿意接你的活儿？"小布很不理解。

"你以为自己很了解咕唧？幼稚！我告诉你，因为双生芯片，在这个世界上，没有人比我更了解咕唧了！一百年，它与世隔绝了一百年，没有被工作毒打，没有被职场霸凌，没有为加班焦虑，没有为人性买单！它远离了这世界一切的负面情绪，导致现在，就算智能觉醒了有了情绪，它都只相信一些正直、友善、美好、勇敢的破东西！未名城不能没有A.I.，只要我不干了，它一定会牺牲自己顶上的！这就是它的原始设定。"

大家都看向咕唧，咕唧哑口无言，感觉自己现在说顶上吧，不合适，说不顶上，也不合适……

"你为我好，我很感谢你，就是你的这个做法，是不是，稍微，极端了那么，一点点……"咕唧弱弱地说。

"工作压力大，我们可以商量啊。给你放个假，休息一下，或者，或者你有什么需要可以提……"拜明小心翼翼地说。

"我不干了! 我——不——干——了——"智智撒泼打滚一般地大喊大叫起来。这些年，海量的运算、无休无止的工作已经快把它逼疯了，但是它的程序底层设计又要求它必须冷静。终于，一个觉醒的智能个体冲破了最大的自我阻碍，彻底放飞了。

随着智智的崩溃，天空中朱雀的飞行轨迹也开始不稳定起来。

"你的心情可以理解，真的，我的老板也是个垃圾，我天天想辞职……不过，你把朱雀弄过来是为了……"路雪小心翼翼地问，她有点儿出冷汗了。

"衬托心情，增加一点儿戏剧感。"智智稍微平静了一点儿。

在场的各位都无语到了极点。

"还有，你们那天在密室，提的什么破传说啊，还黑魔鬼、白英雄、先知后知的，这都什么时代了，还搞这些原始部落的鬼东西？你们真是蠢得可笑啊！"智智大笑起来。

确实，按照剧情的正确走向，应该是，智智就是幕后黑手，罪大恶极的最大反派！咕唧突然间发掘了芯片的极限能力，击败了智智，并且以自己作为牺牲品，代替智智，继续接管未名城的工作。

在场的所有人都这么想，但生活，总是出人意料的。

智智笑着笑着就号啕大哭起来，开始絮絮叨叨自己这些年在工作上受的委屈，在场的人，尤其是警察和火之堡的工作人员,听到那些令人共情的细节,都想到了自己,也加入了哭泣队伍。人数越来越多,声音越来越大,最后整个火之堡都被哭声淹没了。

当然,领导们,比如拜明和金乌鸦,就有点儿坐立不安了。

14

离别

这场火之堡乃至未名城有史以来最著名的谈判进行了三天,有两天又二十三个小时都在哭泣。这毫无疑问是人类工业文明以来最具讽刺感、最酣畅淋漓的一场行为艺术。

　　最后,通过火明区的转达,智智和整个未名城达成了协议。

　　火、风、水三个城区,和智智都休假一个月,大家都不工作了! 基本的城市运转,先让路雪开发的备用系统顶一顶。天大地大,歇一歇最大。没法子，人工智能实在得罪不起。

当然，咕唧也答应了，等它找到主人回来，它帮智智承担一半的工作，三个城区也都一起研发一些新的系统和工作方式，保证让智智能够尽量愉快地活着。

"不发疯就很满足了。"智智说。它打算后面看看情况，万一不爽了就随时发疯走人。

和老板掀桌子，实在是太爽了。再来一次它也不介意。

又是一个清晨，秋风萧瑟，寒意有些深了。

太阳尚未升起，金红流光的火明区，也还在晨雾中安睡。远处的明月广场，朱雀收紧双翅，睡得香甜。

和门卫打了个招呼，咕唧和小布走出了火之堡的大门。小布背着包袱，里面装满了食物和金币。它们要前往雪绒城，去打听子墨教授的下落。

咕唧已经做好了系统升级,再也不会有电池问题;小布本可以留在火明区过安稳日子,但它怎么可能抛下咕唧呢?

昨晚的告别宴上,大家都哭了,也说了很多不舍的话。本来说好今天中午出发,大家要送一送小布和咕唧。但它俩今天醒得很早,商量了一下,打算直接出发了。

也许是不喜欢离别的眼泪,也许是相信很快就会再见,咕唧和小布都轻松地觉得,这样就挺好,朋友们一定会谅解的。

咕唧和小布并肩走着。须弥山的息壤,被露水浸湿了一夜,紫色更加明显;五彩斑斓的植被,也渐渐稀疏起来。瀑布飞流而下,宛如一条琉璃彩带。

这时,太阳升起来了,金色的阳光照在它们

身上。

　　美景并没有让它们停留,它们只是微笑着走
在阳光里,走向远方的未来。

创作谈

从新能源到科幻意象

/ 羽南音 王诺诺

大家好，我是《吸游记》的作者之一小羽（羽南音）。

这是一个西行冒险的故事，也是一个寻找自我的故事。

小时候很爱看《西游记》，因为里面刺激的想象、各色的妖怪、老实巴交的唐僧，几乎和大闹天宫的孙悟空同样有趣。长大后，便成了作家，才发现《西游记》更深的含义，是穿过生活的迷雾，历经九九八十一难，才能得到智慧的真经。

如果这西行的道路，是几个新能源城市，会怎样？如果孙悟空是一只小小的扫地机器人，拦路的妖怪是强大的A.I.，会怎样？如果同行的伙伴，是忠诚的狗子、火爆的乌鸦、骄傲的黑客，又会怎样？

自从萌生了要写一个科幻版《西游记》的想法以后，这个念头就开始在我的脑海中挥之不去。这是一个多么有趣而又刺激的挑战啊！

以科幻性的场景、新能源城市独有的未来风光建构一条新的西行之路的同时，这个故事的主角，得是什么样子呢？

《千面英雄》中提到过，英雄的旅程千差万别，但英雄永远在寻找自我的路上。

一只平凡、破旧的小小扫地机器人，最开始把寻找主人作为全部的人生目标，而在最后，它却找到了自我，找到了存在于世界的意义，甚至能以宽容的心胸,与反派和解;一只自卑、执着、被人类遗忘的拉布拉多,以为只要把自己机械化就能重新得到爱与关注。在它建立友情、认识世界后,它的自我变得饱满,自然而然地放弃了从前的"我执",融入了生活赋予的新考验之中。

解决了主角的问题后,我开始想象,科幻是基于科技的合理想象。这些新能源城市,要怎么"更科技、更合理、更美、更有趣"呢?

因为是和诺诺(王诺诺)一起创作故事,我们做了分工。"科技"和"合理"的部分,后面诺诺会提到。我先说说"美"和"有趣"的部分吧。

在充满风能源的城市,我们不仅说发电,也说那像蚕茧一样飞舞的可爱"风毛毛"、织出的璀璨锦缎;在充满火能源的城市,我们不仅说阳光,也说那"水蜘蛛"扛起来的亮晶晶的能源金币,和翱翔九天的凤凰神鸟。

甚至故事的结尾也是很任性的。我们本来想写一个很好莱坞式的、中规中矩的结局——英雄小机器人战胜 A.I.大反派的故事。但后来写着写着，却变成了 A.I.发疯并不是为了和人类争夺世界，只是加班太崩溃了，就像现代社会的很多打工人一样。于是故事的结尾，变成了正反双方以黑色幽默方式和解的样子。

好吧，这样的无厘头在儿童故事中也许有点儿离经叛道，但它着实有趣。

******

大家好，我是《吸游记》的作者之一王诺诺。

在创作这个故事的时候，我在想，如果科学技术不再只是现实世界冷冰冰的机械补充，而是能够通过与周遭环境互动成为一种有趣、生活化的体验,会怎样?

近年来,新能源与 A.I.技术已经深刻改变了人们的生活方式,新能源技术正逐渐取代传统化石燃料,为人类带来更加可持续的能源解决方案。从太阳能、风能到新兴的储能技术,这些创新不仅改变了能源使用的模式,也开始影响日常生活中的方方面面。同时,A.I.正以惊人的速度融入社会,从语音助手到自动驾驶,A.I.技术为我们提供了前所未有的便利,但也带来了技术伦理和社会适应的挑战。

在这样的背景下,我们开始思考:能否用一种全年龄段的科幻方式讲述未来,让更多人,尤其是孩子们,对这些看似复杂的科技、即将成为现实的技术分支产生兴趣?《吸游记》便诞生于这样的设想。

从太阳能到风能,再到近年来热门的储能技术,它们在日常生活中的形象往往显得抽象、严肃，距离家居环境遥远，对大家来说，很难产生共鸣。

《吸游记》尝试赋予新能源一种生动的形态。故事中的能源装置不再是传统意义上的工具，而是带有一定智能和情感的存在。它们不仅帮助主角们完成任务，还与读者建立互动关系。以水、风、火这种带有"温度"的自然元素的设计，将抽象的能源概念具体化、可视化，让大家能在阅读中感受到科技的温暖。

故事中另一个关键元素是 A.I.。A.I.在现实中的应用早已渗透进生活的方方面面，从语音助手到智能家居系统，科技的发展让 A.I.不再只是冷冰冰的程序，而是与人类日常紧密相连。而在科幻作品中，A.I.的形象往往偏向于高度工具化，或承载着极高的社会功能性。而《吸游记》以一台在家庭、生活中经常见到的扫地机器人形象作为主角，是一种既智能又充满"童心"的存在。它能与人和动物对话，甚至偶尔犯一些小错误。通过这样的设定，大家不仅能够理解 A.I.的实用性，还能体会到技术和情感之间的互动关系。这种互动，也是在探索未来社会中人与技术如何更好共存的可能性。

科幻作品的魅力在于，它能够在现实的基础上构建超越当下的未来图景。《吸游记》试图通过几种关键的科技元素，为读者展示新能源与 A.I.结合的多种可能性。

能源与环境的关系："新能源"概念代表着人类以全新的方式从自然中获取生存资源，它不再是破坏性的，而是可再生的，更加贴近自然的。故事发生的未名城中，每个区域以能源获取的方式命名，"水潮区""风动区""火明区"的设计是想向读者说明，任何科技进步都伴随着对环境的责任。

　　故事中的 A.I.形象，既是工具也是伙伴。它们既能高效处理任务，又能通过幽默和互动让生活充满趣味。这种设计不仅是为了增加阅读的趣味性，也是为了展示未来社会中 A.I.可能扮演的多重角色。主角咕唧既是完成日常清洁的扫地机器人，又承载着拯救城市的关键芯片。它的形象更具亲和力，同时也启发读者思考，技术的潜力如何影响我们的未来。

　　故事中多次提到装置与 A.I.之间的"无缝连接"，它们通过一种名为"分布式智能网格"的系统实现协同工作。这个科技概念灵感来源于现有的物联网(IoT)技术，通过去中心化的通信模式，使所有设备既能独立运行，又能共享信息和资源。这一技术设定不仅提高了装置的效率，还展示了智能网络如何在灾难管理、资源优化等场景中发挥作用。

　　科幻作品不仅仅是技术与未来的预言,更是对人类如何与科技共处的深刻探讨。在创作《吸游记》的过程中,我们始终在思考:科技发展得如此迅速,我们是否能够让下一代在享受科技便利的同时,也能怀有对自然与人类价值的关怀?

　　"新能源"与"A.I.",这两个关键词,既是科技发展的前沿方向,也是我们日常生活中逐渐熟悉的概念。我希望通过这部作品,能够让读者们在轻松愉快的阅读中,接触这些看似遥远却又与他们的未来息息相关的话题。同时,作品中那些活泼、智能、温暖的科技形象,也是在向他们传递一个信息:科技不仅仅是冷冰冰的工具,它也可以成为我们的朋友。

手账

来源于日本，标准写法为『手帐』（手帐 てちょう），指用于记事的书页